Diogenes Taschenbuch 20/I

de
te
be

Carson McCullers

Wunderkind

Erzählungen I

Aus dem Amerikanischen von Elisabeth Schnack

Diogenes

Deutsche Erstausgabe der Erzählungen
›Sucker‹, ›Stück ohne Titel‹, ›Brieffreundschaft‹,
›Der verfolgte Junge‹, ›Mr. Mahoney und die Kunst‹,
›Ein Augenblick aus der Stunde danach‹, ›Das Waisenhaus‹ und ›Poldi‹
Nachweise am Schluß des zweiten Bandes dieser Ausgabe
der Erzählungen: *Madame Zilensky*
und der König von Finnland (detebe 20/II)

60/76/E/2
ISBN 3 257 20140 0

Inhalt

Sucker 7
Sucker

Wunderkind 19
Wunderkind

Stück ohne Titel 34
(Kannst du mir sagen, wie der Ort hier heißt?)
(Untitled Piece)

Brieffreundschaft 63
Correspondence

Ein Baum, ein Felsen, eine Wolke 70
A Tree, a Rock, a Cloud

Der verfolgte Junge 80
The Haunted Boy

Mr. Mahoney und die Kunst 95
Art and Mr. Mahoney

Ein Augenblick aus der Stunde danach 99
Instant of the Hour after

Das Waisenhaus 108
The Orphanage

Der Nomade 113
The Sojourner

Poldi 124
Poldi

Wer hat den Wind gesehen? 131
Who Has Seen the Wind?

Sucker

Es war immer so, als hätte ich ein eigenes Zimmer. Sucker schlief bei mir in meinem Bett, aber das störte in keiner Weise. Das Zimmer gehörte mir, und ich benutzte es so, wie ich wollte. Ich erinnere mich, daß ich einmal eine Falltür in den Fußboden gesägt habe. Und voriges Jahr, als ich das zweite Jahr in der High School war, habe ich Bilder von Mädchen aus Zeitschriften an meine Wand gepinnt; die eine hatte bloß ihr Unterzeug an. Meine Mutter hat mich nie gestört, denn sie mußte sich um die jüngeren Kinder kümmern. Und Sucker fand immer alles pfundig, was ich getan habe.

Sobald ich mal ein paar von meinen Freunden in mein Zimmer raufbrachte, brauchte ich nichts weiter zu tun, als Sucker einen Blick zuzuwerfen, und dann ließ er alles stehen und liegen, was er gerade tat, und griente vielleicht ein bißchen und ging, ohne ein Wort zu sagen. Er brachte nie Kinder mit rauf. Er ist zwölf, vier Jahre jünger als ich, und auch ohne daß ich's ihm gesagt habe, hat er immer gewußt, daß ich's nicht leiden konnte, wenn Kinder in dem Alter in meinen Sachen herumschnüffeln.

Meistens vergaß ich überhaupt, daß Sucker nicht mein Bruder ist. Er ist mein Vetter ersten Grades, aber fast so lange wie ich mich erinnern kann, ist er immer in unsrer Familie gewesen. Seine Eltern kamen nämlich bei einem Unglück ums Leben, als er noch ein Baby war. Für mich und meine kleine Schwester war er wie unser Bruder.

Sucker hat sich immer alles gemerkt und jedes Wort geglaubt, das ich gesagt habe. Daher stammt sein Spitzname (was ja ›gutgläubiger Trottel‹ bedeutet). Vor ein paar Jahren habe ich ihm weisgemacht, wenn er mit einem Schirm von unsrer Garage herunterspringt, würde es wie ein Fallschirm wirken, und er könne nicht schlimm hinfallen. Er hat's getan und sich das Knie aufgeschlagen. Das ist bloß ein Beispiel. Und das Komische an der Sache war, daß er mir immer noch glaubte, egal, wie oft er angeführt wurde. Dabei war er sonst gar nicht dumm – es war bloß so seine Art mir gegenüber. Er schaute sich alles ruhig mit an, was ich tat, und merkte es sich.

Eins habe ich dabei gelernt, aber es macht mir Gewissensbisse und ist auch schwer zu verstehen. Wenn jemand einen sehr bewundert, dann achtet man ihn nicht und verachtet ihn, aber derjenige, der einen nicht beachtet, den bewundert man gern. Es ist nicht so leicht zu verstehen. Maybelle Watts, unsre Klassenälteste, tat so, als wäre sie die Königin von Saba; sogar mich hat sie gedemütigt. Dabei hätte ich damals alles in der Welt getan, um sie auf mich aufmerksam zu machen. Tag und Nacht konnte ich an nichts andres denken als an Maybelle, bis ich fast verrückt war. Als Sucker noch klein war, und bis zu der Zeit, als er zwölf wurde, habe ich ihn wahrscheinlich ebenso schlecht behandelt wie Maybelle mich.

Seit Sucker sich jetzt so sehr verändert hat, ist es ein bißchen schwer, sich zu erinnern, wie er früher war. Ich hätte nie gedacht, daß etwas geschehen könnte, was uns beide plötzlich ganz verschieden werden ließ. Ich dachte gar nicht, daß ich, um mir das Geschehene klarzumachen, mich an ihn würde erinnern wollen, wie er früher gewesen war – um es miteinander zu vergleichen und die Sache vielleicht in Ordnung zu bringen. Wenn ich hätte in die Zukunft blicken können, hätte ich vielleicht anders gehandelt.

Ich habe ihn nie sehr beachtet oder über ihn nachgedacht, und wenn man bedenkt, wie lange wir das gleiche Zimmer zusammen geteilt haben, ist es komisch, daß ich mich bloß an so wenig erinnere. Er hat sehr viel Selbstgespräche geführt, wenn er glaubte, allein zu sein – alles über Gangster, mit denen er kämpfte, und über Ranches, auf denen er war, und ähnlichen Jungenskram. Wenn er im Badezimmer war, blieb er bis zu einer Stunde drin, und manchmal wurde seine Stimme schrill und aufgeregt, und man konnte ihn im ganzen Haus hören. Im allgemeinen war er jedoch sehr ruhig. Es waren nicht viele Jungen in der Nachbarschaft, mit denen er sich anfreunden mochte, und sein Ausdruck glich immer dem eines Jungen, der bei einem Spiel zuschaut und darauf wartet, daß er aufgefordert wird, mitzumachen. Er hatte nichts dagegen, die Jacken und Sweater zu tragen, aus denen ich herausgewachsen war, auch wenn die Ärmel lang herunterbaumelten, so daß seine Handgelenke mager und weiß wie die von Mädchen zu sein schienen. So habe ich ihn in Erinnerung – wie er jedes Jahr ein bißchen größer wurde und doch immer derselbe blieb. Das war

Sucker – bis vor wenigen Monaten, als der ganze Ärger anfing. Maybelle war auch ein bißchen in das verwickelt, was geschah, deshalb sollte ich wohl mit ihr anfangen. Bis ich sie kannte, hatte ich nie viel Zeit für Mädchen übrig gehabt. Im letzten Herbst saß sie in den Naturwissenschaften neben mir, und da war's, daß sie mir zum erstenmal auffiel. Ihr Haar ist so strahlend blond, wie ich es noch nie gesehen habe, und manchmal trägt sie es in Locken aufgedreht, mit so einem klebrigen Zeug drauf. Ihre Fingernägel sind gepflegt und spitz und leuchtend rot gemalt. Während der Unterrichtsstunden habe ich immer Maybelle angestarrt, fast die ganze Zeit, außer, wenn ich dachte, sie würde zu mir rüberschauen, oder wenn der Lehrer mich aufrief. Vor allem konnte ich den Blick nie von ihren Händen losreißen. Sie sind sehr klein und weiß, bis auf das rote Zeugs, und wenn sie in ihrem Buch die Seiten umblätterte, leckte sie immer den Daumen an und spreizte den kleinen Finger weg und blätterte ganz langsam um. Es ist unmöglich, Maybelle zu beschreiben. Alle Jungen sind verrückt auf sie, aber mich hat sie nicht mal bemerkt. Erstens ist sie zwei Jahre älter als ich. In der Pause habe ich immer versucht, auf dem Flur dicht an ihr vorbeizugehen, aber sie hat mich kaum jemals angelächelt. Ich konnte nichts weiter tun, als in der Stunde neben ihr sitzen und sie anstarren – und manchmal war mir's, als müßte die ganze Klasse hören, wie mein Herz klopft, und ich hätte am liebsten geschrien oder wäre ausgerissen und wie verrückt weggerannt.

Nachts im Bett mußte ich immerzu an Maybelle denken. Das hat mich oft nicht einschlafen lassen, bis ein oder zwei Uhr nachts nicht. Manchmal ist Sucker aufgewacht und hat mich gefragt, warum ich nicht zur Ruhe komme, und dann habe ich ihm gesagt, er soll den Mund halten. Wahrscheinlich war ich sehr, sehr oft gemein zu ihm. Vielleicht wollte ich jemand anders so übersehen, wie Maybelle mich übersah. Man konnte es Sucker immer am Gesicht ansehen, wenn er in seinen Gefühlen gekränkt war. Ich kann mich nicht an all die häßlichen Bemerkungen erinnern, die ich ihm an den Kopf geworfen habe, denn auch noch während ich das tat, war ich mit meinen Gedanken bei Maybelle.

So ging es ungefähr drei Monate, und dann begann sie sich irgendwie zu ändern. Auf dem Flur sprach sie mit mir, und jeden Morgen vor der Stunde schrieb sie meine Hausaufgaben ab. In der Mittagspause hab ich mal im Turnsaal mit ihr getanzt. Eines Nachmittags habe ich all meinen Mut zusammengenommen und bin mit einer Schachtel Zigaretten zu ihrem Haus gegangen. Ich habe gewußt, daß sie in der Mädchen-Garderobe rauchte, und manchmal auch außerhalb von der Schule. Pralinen wollte ich ihr nicht mitbringen, weil ich dachte, das wäre für die Katz. Sie war sehr nett, und mir schien, daß sich alles ändern würde.

Und an jenem Abend ging der Ärger richtig los. Ich war spät in mein Zimmer gekommen, und Sucker schlief schon. Ich war zu glücklich und aufgezogen, um die richtige Schlafstellung zu finden, und ich lag lange wach und dachte an Maybelle. Dann träumte ich von ihr, daß ich sie geküßt hätte. Was für eine Überraschung, als ich aufwachte und alles dunkel war! Ich lag still, und es dauerte ein Weilchen, bis ich zu mir kam und begreifen konnte, wo ich war. Im Haus war alles still, und es war eine sehr dunkle Nacht.

Suckers Stimme traf mich wie ein Schlag. »Pete? ...«

Ich sagte nichts und rührte mich auch nicht.

»Du hast mich doch genauso gern, als wär ich dein Bruder, nicht wahr, Pete?«

Ich konnte aus der Verblüffung nicht herausfinden, mir war, als wäre das jetzt der richtige Traum, und nicht der davor.

»Du hast mich doch die ganze Zeit lieb gehabt, als wär ich dein Bruder, nicht wahr?«

»Klar«, sagte ich.

Dann stand ich ein paar Minuten auf. Mir war kalt, und ich war froh, daß ich wieder ins Bett gehen konnte. Sucker drängte sich an meinen Rücken. Er war so klein und so warm, und auf meiner Schulter konnte ich seinen warmen Atem spüren.

»Ich hab immer gewußt, daß du mich gern hast, egal, was du gesagt hast.«

Ich war hellwach, und meine Gedanken schienen seltsam gemischt. Einerseits war ich voller Glück wegen Maybelle und so weiter, aber andrerseits ließ mich etwas an Sucker und am Tonfall seiner Stimme aufhorchen, als er das alles sagte. Jedenfalls vermute ich, daß man die Menschen besser versteht, wenn man glücklich ist, als wenn man Kummer hat. Es war gerade so, als hätte ich bis dahin nie richtig über Sucker nachgedacht.

Ich fand, daß ich immer gemein zu ihm gewesen war. Ein paar Wochen vorher hatte ich ihn eines Abends im Dunkeln weinen gehört. Er sagte, er hätte das Luftgewehr eines Jungen verloren und hätte Angst, daß es rauskäme. Er wollte, daß ich ihm sagen sollte, was er tun müsse. Ich war müde und versuchte, ihn zum Schweigen zu bringen, und als er keine Ruhe gab, trat ich nach ihm. Das war bloß einer von den Punkten, die mir einfielen. Mir schien auf einmal, daß er immer ein einsamer kleiner Bursche gewesen war. Es bedrückte mich.

In einer dunklen, kalten Nacht fühlt man sich jemandem, mit dem man im gleichen Bett schläft, näher verbunden. Wenn man miteinander spricht, ist es so, als wache sonst kein Mensch in der ganzen Stadt.

»Du bist ein Mordskerl, Sucker«, sagte ich.

Mir schien es auf einmal, daß ich ihn besser leiden mochte als sonst jemand in der Welt, besser als jeden andern Jungen, besser als meine Schwestern und irgendwie sogar besser als Maybelle. Mir war wunderbar gut zumute, wie wenn sie im Kino traurige Musik spielen. Ich wollte Sucker beweisen, wie sehr ich ihn wirklich schätzte, und wollte ihn schadlos halten für die Art, wie ich ihn immer behandelt hatte.

In jener Nacht haben wir noch lange miteinander gesprochen. Er sprach sehr schnell: als hätte er schon seit langer Zeit alles aufgespart, was er mir sagen wollte. Er erzählte mir, daß er vorhatte, ein Kanu zu bauen, und daß die Jungen im nächsten Häuserblock ihn nicht in ihre Fußballmannschaft aufnehmen wollten, und wer weiß was sonst noch. Ich erzählte auch manches, und es war ein angenehmes Gefühl, daß er alles, was ich sagte, so ernst aufnahm. Ich erzählte sogar ein bißchen von Maybelle, nur tat ich so, als ob sie es wäre, die mir die ganze Zeit nachgelaufen war. Er fragte mich allerhand wegen der High School und so weiter. Seine Stimme klang aufgeregt, und er sprach dauernd sehr schnell, als könnte er die Worte nicht rechtzeitig herausbringen. Als ich einschlief, redete er immer noch, und ich konnte es noch immer spüren, wie er warm an meiner Schulter atmete.

Während der nächsten paar Wochen sah ich Maybelle sehr oft. Sie tat so, als ob sie sich wirklich ein bißchen aus mir mache. Die meiste Zeit war mir so wohl zumute, daß ich kaum wußte, wohin mit mir.

Aber deshalb dachte ich doch an Sucker. In meiner Schublade waren eine Menge alte Sachen, die ich gesammelt hatte: Box-Handschuhe und Tom-Swift-Hefte und mittelmäßiges Angelgerät. All das habe ich ihm geschenkt. Wir sprachen noch öfter zusammen, und es war so, als hätte ich ihn jetzt erst richtig kennengelernt. Als er eine lange Schramme auf der Wange hatte, wußte ich gleich, daß er mit meinem ersten Rasierapparat, einem neuen, herumgefummelt hatte, aber ich habe nichts gesagt. Sein Gesicht schien jetzt anders zu sein. Früher sah er immer so schüchtern aus, als hätte er Angst, er bekäme eine Kopfnuß. Den Ausdruck hatte er jetzt nicht mehr. Sein Gesicht mit den weit aufgerissenen Augen und den abstehenden Ohren und dem immer etwas offenen Mund zeigte den Ausdruck eines Menschen, der sich auf etwas Besonderes freut.

Einmal hätte ich ihn schon beinah Maybelle gezeigt und ihr erzählt, er sei mein jüngerer Bruder. Es war an jenem Nachmittag, als im Kino ein Krimi lief. Ich hatte einen Dollar verdient, weil ich für Dad gearbeitet hatte, und gab Sucker einen Vierteldollar, damit er sich Bonbons und so was kaufen könne. Mit dem Rest führte ich Maybelle aus. Wir saßen hinten und sahen, wie Sucker reinkam. Sowie er am Platzanweiser vorbei war, fing er schon an, auf die Leinwand zu starren, und stolperte den Gang hinunter, ohne zu merken, wohin er trat. Ich wollte Maybelle schon anstoßen, aber ich brachte es dann doch nicht über mich. Sucker sah ein bißchen doof aus, als er wie ein Betrunkener weiterging und den Blick auf die Leinwand geheftet hatte. Er ging weiter, bis er unten bei den vordersten paar Reihen war, wo meistens die kleinen Jungen sitzen. Ich habe Maybelle dann nicht angestoßen. Aber ich fand, daß es ein angenehmer Gedanke war, alle beide mit meinem selbstverdienten Geld im Kino zu wissen.

So mag es vier oder sechs Wochen weitergegangen sein. Mir war so wohl zumute, daß ich mich nicht zum Arbeiten hinsetzen und meine Gedanken nicht auf etwas anderes richten konnte. Ich wollte zu allen Menschen freundlich sein. Manchmal war es so, daß ich einfach zu irgend jemand sprechen mußte. Und das war meistens Sucker. Ihm war genauso wohl zumute wie mir. Einmal hat er gesagt: »Pete, ich bin so froh, daß du wie mein Bruder zu mir bist, und nichts in der ganzen Welt kann mich froher machen!«

Dann passierte was zwischen Maybelle und mir. Ich habe nie herausbekommen, was es eigentlich war: solche Mädchen wie sie sind schwer zu verstehen. Sie fing an, sich anders zu mir zu benehmen. Zuerst wollte ich es gar nicht glauben, und versuchte mir einzureden, es sei bloße Einbildung. Sie tat gar nicht mehr erfreut, wenn sie mich sah. Oft fuhr sie mit dem Typ von der Fußballmannschaft los, mit dem, der den gelben Roadster hat. Der Wagen hatte die gleiche Farbe wie ihr Haar, und nach der Schule fuhr sie mit ihm los und lachte und schaute in sein Gesicht. Mir fiel nichts ein, wie ich's hätte ändern können, und sie lag mir Tag und Nacht im Sinn. Wenn ich mal eine Chance hatte, mit ihr auszugehen, dann war sie schnippisch und schien mich nicht zu bemerken. Darum dachte ich, irgendwas müsse los sein, und ich ärgerte mich über meine Schuhe, die so laut auf den Fußboden knallten, oder über meinen Hosenstall oder die Pickel auf meinem Kinn. Manchmal, wenn Maybelle in der Nähe war, fuhr der Teufel in mich, und ich machte ein überlegenes Gesicht und nannte erwachsene Männer bei ihrem Familiennamen, ohne Mister, und redete grob, großspurig derb daher. In der Nacht grübelte ich dann, warum ich all so was tun müsse, bis ich zu übermüdet war und nicht mehr schlafen konnte.

Anfangs war ich so bekümmert, daß ich gar nicht mehr an Sucker dachte. Später fiel er mir dann auf die Nerven. Immer lungerte er herum, bis ich aus der Schule kam, und immer sah er so aus, als müsse er mir was sagen oder als erwarte er, daß ich ihm was sage. In seiner Bastelstunde machte er mir einen Zeitungsständer, und einmal sparte er sich das Lunch-Geld von einer ganzen Woche zusammen und kaufte mir drei Päckchen Zigaretten. Er schien es einfach nicht zu kapieren, daß ich Sorgen hatte und mich nicht mit ihm abgeben konnte. Jeden Nachmittag war's das gleiche: immer saß er mit dieser erwartungsvollen Miene in meinem Zimmer! Wenn ich dann gar nichts sagte oder ihm vielleicht ein bißchen grob antwortete, ging er schließlich raus.

Ich kann keine richtige Ordnung in jene Tage bringen und behaupten, das passierte den einen Tag und jenes an einem andern Tag. Denn ich war so durcheinander, daß die Wochen sich ineinanderschoben und mir ganz höllisch zumute war, und alles egal. Es wurde nichts Entscheidendes gesagt oder getan. May-

belle fuhr immer noch mit dem Burschen in seinem gelben Roadster herum, und manchmal lächelte sie mir zu, und manchmal nicht. Jeden Nachmittag klapperte ich alle Orte ab, wo sie hätte sein können. Entweder war sie beinah nett, und ich fing schon an zu glauben, daß schließlich alles gutwerden und sie sich was aus mir machen würde – oder sie benahm sich so, daß ich sie am liebsten – wenn sie nicht ein Mädchen gewesen wäre – bei ihrer feinen weißen Kehle gepackt und sie ihr zugedrückt hätte. Je mehr ich mich schämte, weil ich mich ihretwegen so lächerlich machte, desto mehr lief ich ihr nach.
Und Sucker fiel mir immer mehr auf die Nerven. Er sah mich an, als ob er mir an irgendwas die Schuld gäbe, aber gleichzeitig wüßte, daß es nicht von langer Dauer sei. Er schoß jetzt rasch in die Höhe, und aus irgendeinem Grund fing er beim Sprechen an zu stottern. Manchmal hatte er schlechte Träume, oder er übergab sich nach dem Frühstück. Mom kaufte ihm eine Flasche Lebertran.
Dann ging es zwischen Maybelle und mir zu Ende. Ich traf sie, als sie in den Drugstore wollte, und bat sie um ein Date. Als sie es abschlug, fiel mir auf, daß ihre Stimme höhnisch klang. Sie sagte, es hinge ihr zum Halse raus, daß ich ihr immer nachlief, und sie hätte sich überhaupt nie die Bohne aus mir gemacht. All das hat sie mir ins Gesicht gesagt. Ich stand bloß da und gab keine Antwort. Dann bin ich ganz langsam nach Hause gegangen.
Mehrere Tage hintereinander bin ich nachmittags allein in meinem Zimmer geblieben. Ich wollte nirgendwo hingehen und mit keinem Menschen sprechen. Wenn Sucker ins Zimmer kam und mich ein bißchen von der Seite ansah, schrie ich ihn an, er solle abhauen. Ich wollte nicht an Maybelle denken und saß an meinem Schreibtisch und las ›Vokstümliche Mechanik‹, oder ich schnitzelte an einem Zahnbürstenständer, den ich machen wollte. Wie mir schien, hatte ich mir das Mädchen schon ganz gut aus dem Kopf geschlagen.
Aber man ist machtlos gegen das, was einem in der Nacht zustößt. Dadurch wurde alles so, wie es jetzt ist.
Nämlich ein paar Nächte nach dem Abend, als Maybelle so mit mir gesprochen hatte, träumte ich wieder von ihr. Es war wie beim erstenmal, und ich drückte Suckers Arm so fest, daß ich ihn weckte. Er griff nach meiner Hand.

»Pete, was fehlt dir?«

Ganz plötzlich war ich so wütend, daß mir die Kehle wie zugeschnürt war – wegen mir und dem Traum, und wegen Maybelle und Sucker und jedem einzelnen Menschen, den ich kannte. Mir fielen all die Begegnungen ein, wo Maybelle mich gedemütigt hatte, und überhaupt alles Schlimme, was mir je zugestoßen war. Mir schien, als ob mich nie jemand gernhaben würde, höchstens so eine Nulpe wie Sucker.

»Warum sind wir nicht mehr Kameraden wie früher? Warum ...«

»Halt deine verdammte Klappe!« Ich stieß die Bettdecke zurück, stand auf und drehte das Licht an. Da saß er mitten im Bett, zwinkerte mit den Augen und hatte Angst.

In mir war etwas, gegen das konnte ich mich nicht wehren. Ich glaube, so rasend kann der Mensch nur einmal im Leben werden. Die Worte sprudelten aus mir heraus, ohne daß ich wußte, wie sie klingen würden. Erst hinterher konnte ich alles in vollem Licht sehen und mich an alles erinnern, was ich gesagt hatte.

»Warum wir keine Kameraden mehr sind? Weil du der dümmste Kerl bist, den ich jemals gesehen habe! Kein Mensch macht sich was aus dir! Und bloß, weil du mir manchmal leid getan hast und ich versucht habe, dich anständig zu behandeln, brauchst du dir nicht gleich einzubilden, daß ich auch nur soviel für eine doofe Nuß wie dich gebe!«

Wenn ich laut gesprochen oder ihn geschlagen hätte, wär's nicht so schlimm gewesen. Aber die Worte kamen leise, und so, als wäre ich ruhig. Suckers Mund stand halb offen, und er sah aus, als hätte er sich am Musikantenknochen gestoßen. Sein Gesicht war kreideweiß, und der Schweiß stand ihm auf der Stirn. Er wischte ihn mit dem Handrücken weg, und eine Minute lang blieb sein Arm so, als müsse er etwas abwehren.

»Begreifst du denn rein gar nichts? Hast du überhaupt keine Ahnung von irgendwas? Warum besorgst du dir nicht ein Mädchen – statt mir nachzurennen? Was für 'ne Zimperliese willst du eigentlich noch werden?«

Ich wußte nicht, was ich noch alles sagen würde. Ich konnte mir nicht helfen und konnte nicht denken.

Sucker rührte sich nicht. Er hatte eine Schlafanzugjacke von mir an, und sein Hals schaute knochig und dünn heraus. Das Haar auf seiner Stirn war feucht.

»Warum lungerst du immer um mich rum? Merkst du's nicht, wenn du mir auf die Nerven gehst?«

Hinterher konnte ich mich an die Veränderung in Suckers Gesicht erinnern. Langsam verschwand der leere Ausdruck, und er machte den Mund zu. Seine Augen wurden schmale Schlitze, und er ballte die Fäuste. Noch nie hatte ich so einen Ausdruck in seinem Gesicht gesehen. Es war, als würde er von Sekunde zu Sekunde älter. In seinen Augen stand ein harter Ausdruck, wie man ihn bei einem Kind gewöhnlich nicht sieht. Ein Schweißtropfen rollte ihm am Kinn herunter, und er merkte es nicht. Er saß einfach da, den Blick auf mich geheftet, und sprach nicht, und sein Gesicht war hart und zuckte nicht.

»Nein, du merkst es nicht! Du bist zu dumm – genau wie's dein Name sagt: ein gutgläubiger Trottel!«

Mir war, als wäre etwas in mir zersprungen. Ich schaltete das Licht aus und setzte mich in einen Sessel am Fenster. Meine Beine zitterten, und ich war zum Heulen müde. Das Zimmer war kalt und dunkel. Ich saß lange Zeit da und rauchte eine zerquetschte Zigarette, die ich aufgespart hatte. Draußen im Garten war alles dunkel und still. Nach einer Weile hörte ich, wie Sucker sich hinlegte.

Ich war nicht mehr müde, nur wütend. Es kam mir schrecklich vor, daß ich zu einem erst zwölf Jahre alten Jungen so gesprochen hatte. Ich konnte es gar nicht fassen. Ich sagte mir, daß ich zu ihm gehen und versuchen würde, alles wieder gutzumachen. Aber ich ging nicht. Ich saß einfach in der Kälte da, bis sehr viel Zeit vergangen war. Ich legte mir etwas zurecht, wie ich es morgen früh in Ordnung bringen würde. Dann ging ich wieder ins Bett und versuchte, nicht mit den Sprungfedern zu quietschen.

Als ich am nächsten Morgen aufwachte, war Sucker weg. Und später, als ich mich, wie ich es geplant hatte, bei ihm entschuldigen wollte, sah er mich mit dem neuen, harten Ausdruck an, so daß ich kein Wort hervorbrachte.

Das alles war vor zwei oder drei Monaten. Seither ist Sucker schneller gewachsen als jeder Junge, den ich kenne. Er ist beinahe so groß wie ich, und seine Knochen sind schwerer und dicker geworden. Er will meine abgelegten Sachen nicht mehr tragen und hat sich statt dessen sein erstes Paar lange Hosen gekauft, mit ledernen Hosenträgern! Das sind bloß Veränderungen, die einem ins Auge fallen und die man leicht in Worte fassen kann.

Unser Zimmer gehört nicht mehr mir allein. Er hat eine Jungensbande um sich versammelt, und sie haben einen Klub. Wenn sie nicht auf irgendeinem leeren Grundstück Schützengräben ausheben oder sich raufen, dann sind sie in meinem Zimmer. Auf die Tür haben sie mit Mercurochrom irgendwas Blödes geschrieben: »Wehe dem Uneingeweihten, der hier eintritt!« und haben gekreuzte Knochen und ihr Geheimzeichen drunter gemalt. Sie haben ein Radio aufgestellt, und jeden Nachmittag quäkt es Musik heraus. Als ich einmal dazukam, hörte ich mit an, wie ein Junge mit lauter Stimme erzählte, daß er beobachtet habe, was auf dem Rücksitz vom Auto seines großen Bruders geschah. Was ich nicht hörte, konnte ich erraten. *»So was tun die – mein Bruder und sie – im geparkten Wagen! Es ist die reine Wahrheit!«* Eine Minute sah Sucker überrascht aus, und sein Gesicht schien fast so wie früher zu sein. Dann wurde es wieder hart und abgebrüht. »Klar, du Trottel, das wissen wir längst!« Sie bemerkten mich nicht. Sucker begann ihnen zu erzählen, daß er vorhabe, in zwei Jahren als Trapper nach Alaska zu gehen.

Doch meistens bleibt Sucker für sich. Wenn wir beide allein zusammen im Zimmer sind, ist es schlimmer. In seiner langen Kordsamthose mit den Hosenträgern räkelt er sich auf dem Bett und starrt mich einfach mit harten, beinah höhnischen Blicken an. Ich fummele auf meinem Schreibtisch herum und komme zu nichts – wegen seiner Augen. Und das Dumme ist, daß ich unbedingt arbeiten muß, weil ich in diesem Semester schon drei schlechte Noten bekommen habe. Wenn ich Englisch verpatze, werde ich nächstes Jahr nicht zum Examen zugelassen. Ich will kein Schnorrer werden und muß mich einfach drauf konzentrieren. Aus Maybelle oder aus einem andern Mädchen mache ich mir nicht die Bohne, und was mich jetzt bedrückt, ist nur die Feindschaft zwischen mir und Sucker. Wir sprechen nie zusammen, höchstens, wenn wir's vor der Familie tun müssen. Ich will ihn nicht mal mehr Sucker nennen, und wenn ich's nicht vergesse, nenne ich ihn bei seinem richtigen Namen: Richard. Abends kann ich nicht lernen, wenn er im Zimmer ist, und ich muß im Drugstore herumsitzen und rauchen und nichts tun – mit den anderen Burschen, die da herumfaulenzen.

Am meisten wünsche ich mir, daß ich wieder meine innere Ruhe hätte. Und mir fehlt es, wie Sucker und ich eine Zeitlang zusammen waren – auf eine so komisch-traurige Art, die ich vorher nie für möglich gehalten hätte. Aber jetzt ist alles so anders, daß mir einfach gar nichts einfällt, wie ich's wieder in Ordnung bringen könnte. Manchmal habe ich gedacht, es würde helfen, wenn wir's in einem großen Boxkampf austragen würden. Aber ich kann nicht mit ihm kämpfen, weil er vier Jahre jünger ist als ich. Und dann ist da noch was andres: manchmal läßt mich der Ausdruck in seinen Augen beinah glauben, wenn Sucker könnte, würde er mich umbringen.

Wunderkind

Sie trat ins Wohnzimmer: die Notentasche klatschte gegen ihre in Winterstrümpfen steckenden Beine; der rechte Arm wurde durch die Schulbücher nach unten gezogen. So stand sie einen Augenblick und lauschte auf die Klänge aus dem Studio. Eine weiche Folge von Klavierakkorden und das Stimmen einer Geige. Dann rief ihr Mr. Bilderbach mit seiner dicken, kehligen Stimme zu: »Bist du's, Bienchen?«

Als sie mit einem Ruck die Fäustlinge auszog, sah sie, daß ihre Finger noch im gleichen Rhythmus wie die Fuge zuckten, an der sie heute morgen gearbeitet hatte. »Ja«, antwortete sie. »Ich bin's.«

»Nur einen Augenblick!«

Sie hörte Mr. Lafkowitz sprechen – seine Worte spulten sich wie ein seidiges, unverständliches Gesumm ab. Eine Stimme fast wie die einer Frau, dachte sie, wenn man sie mit der Mr. Bilderbachs verglich. Dann wurde ihre Aufmerksamkeit durch ihre Unrast abgelenkt. Sie fummelte mit dem Geometriebuch und der *Voyage de Monsieur Perrichon* herum, ehe sie beides auf den Tisch legte. Sie setzte sich aufs Sofa und begann ihre Noten aus der Tasche zu nehmen. Wieder sah sie ihre Hände, die zitternden Sehnen, die von den Knöcheln nach unten strebten, und den schlimmen Finger mit dem aufbröselnden, schmutzigen Verband. Der Anblick verstärkte noch die Furcht, die sie während der letzten paar Monate gequält hatte.

Lautlos flüsterte sie sich ein paar aufmunternde Redensarten zu. Eine gute Lektion ... eine gute Lektion, wie früher ... Ihre Lippen schlossen sich, als sie das schwerfällige Geräusch von Mr. Bilderbachs Schritten auf dem Fußboden des Studios und das Quietschen der Tür vernahm, die auf die Seite glitt.

Einen Augenblick hatte sie das seltsame Gefühl, als habe sie während des größten Teils von all den fünfzehn Jahren ihres Lebens nur auf das Gesicht und auf die Schultern geblickt, die hinter der Tür hervorstachen – und immer in einer Stille, die nur durch das gedämpfte, ausdruckslose Zupfen einer Geigensaite unterbrochen wurde. Mr. Bilderbach. Ihr Lehrer, Mr. Bilderbach. Flinke Augen hinter den Rändern der Hornbrille, lichtes, dünnes Haar, und darunter ein schmales Gesicht; die Lippen voll und nur halb geschlossen, die Unterlippe vom ständigen Draufbeißen rosig und feucht schimmernd; die sich verästelnden Adern an seinen Schläfen so deutlich pulsierend, daß man es durchs ganze Zimmer beobachten konnte.

»Kommst du nicht ein bißchen zu früh?« fragte er und blickte auf die Kaminuhr, die seit einem Monat auf fünf Minuten vor zwölf zeigte. »Josef ist bei mir. Wir spielen gerade eine kleine Sonatine von jemand durch, den er kennt.«

»Gut«, sagte sie und versuchte zu lächeln. »Ich höre zu.« In Gedanken sah sie ihre Finger, die kraftlos in einem Gewirr von Klaviertasten versanken. Sie spürte ihre Müdigkeit und dachte, wenn er sie noch länger ansähe, würden ihre Hände vielleicht zu zittern anfangen.

Unentschlossen stand er da, noch halb im Zimmer. Seine Zähne fuhren heftig in die glänzende, geschwollene Unterlippe. »Hungrig, Bienchen?« fragte er. »Es ist Apfelkuchen da, den Anna gebacken hat, und Milch.«

»Ich warte lieber bis nachher«, sagte sie. »Danke!«

»Nachher, wenn du eine sehr gute Lektion hinter dir hast, wie?«

Sein Lächeln schien an den Mundwinkeln zu zerbröckeln.

Aus dem Studio hinter ihm kam ein Geräusch, und Mr. Lafkowitz stieß den andern Flügel der Schiebetür auf und blieb neben ihm stehen.

»Frances?« sagte er. »Gute Fortschritte mit der Arbeit?«

Ohne daß er es beabsichtigte, flößte ihr Mr. Lafkowitz stets ein Gefühl ein, daß sie ungeschickt und in die Länge geschossen sei. Er war selbst ein so kleines Männchen mit einem müden Blick, falls er nicht seine Geige hielt. Seine Augenbrauen wölbten sich hoch über dem gelblichen, jüdischen Gesicht, als stellten sie verwunderte Fragen, doch die Augenlider drusselten schlaff und gleichgültig. Heute schien er zerstreut. Sie beobachtete, wie er ohne ersichtlichen Grund ins Zimmer trat, den Bogen mit der Perlmutterspitze in den stillen Fingern hielt und das weiße Roßhaar langsam durch ein weißliches Stück Kolophonium zog. Seine Augen waren heute scharfe, glänzende Schlitze, und das Leinentaschentuch, das ihm vom Kragen niederhing, ließ die Schatten unter seinen Augen noch dunkler erscheinen.

»Du arbeitest also jetzt mit großem Erfolg, scheint mir?« lä-

chelte Mr. Lafkowitz, obwohl sie seine Frage noch nicht beantwortet hatte.
Sie sah Mr. Bilderbach an. Er wandte sich ab. Seine schwere Schulter stieß die Tür weit auf, so daß die späte Nachmittagssonne durch das Fenster im Studio flutete und gelbe Lichtleitern ins staubige Wohnzimmer sandte. Hinter ihrem Lehrer konnte sie den geduckten langen Flügel und das Fenster und die Büste von Brahms sehen.
»Nein«, sagte sie zu Mr. Lafkowitz. »Ich arbeite schrecklich schlecht.« Mit ihren schmächtigen Fingern schnippte sie gegen die Notenblätter. »Ich weiß nicht, was los ist«, sagte sie und blickte auf den gebeugten, muskulösen Rücken Mr. Bilderbachs, der drüben voller Spannung zuhörte.
Mr. Lafkowitz lächelte. »Es gibt Zeiten, glaube ich, in denen man . . .«
Ein schroffer Akkord drang vom Flügel her. »Meinen Sie nicht, wir sollten lieber weitermachen?« fragte Mr. Bilderbach.
»Sofort«, sagte Mr. Lafkowitz und zog den Bogen noch einmal durch, ehe er zur Türe ging. Dann sah sie, wie er seine Geige vom Flügel nahm. Er erhaschte ihren Blick und ließ sein Instrument sinken. »Hast du das Bild von Heime gesehen?«
Ihre Finger krallten sich fest um die scharfe Ecke der Notentasche. »Welches Bild?«
»Eins von Heime, im *Musical Courier* dort auf dem Tisch! Auf der ersten Innenseite!«
Die Sonatine begann. Dissonant und doch irgendwie unkompliziert. Dürftig und doch mit einem sehr eigenen, geschliffenen Stil. Sie griff nach der Zeitschrift und schlug sie auf.
Da war Heime – in der linken Ecke. Er hatte die Geige in der Hand und hielt die Finger, für ein Pizzikato gekrümmt, über den Saiten. In dunkler Serge-Pumphose, die unter den Knien ordentlich festgeschnallt war, und mit einem Sweater und Rollkragen. Es war ein schlechtes Bild. Obwohl es im Profil aufgenommen war, wandte sich das Auge zum Photographen, und die Finger sahen aus, als müßten sie die falsche Saite anzupfen. Er schien unwillig, daß er sich dem Apparat hatte zuwenden müssen. Er war magerer geworden – sein Bauch stand nicht mehr vor –, aber im letzten halben Jahr hatte er sich nicht sehr verändert.

»Heime Israelsky, der begabte junge Geiger, während der Arbeit im Studio seines Lehrers am Riverside Drive aufgenommen. Der kleine Meister Israelsky, der bald seinen fünfzehnten Geburtstag feiern kann, ist aufgefordert worden, das Beethoven-Konzert zu spielen, zusammen mit . . .«

Heute früh, nachdem sie von sechs bis acht geübt hatte, war sie von ihrem Papa gezwungen worden, sich mit der Familie an den Frühstückstisch zu setzen. Sie verabscheute das Frühstück: hinterher war ihr davon übel. Lieber wartete sie und kaufte sich von ihren zwanzig Cent Lunch-Geld vier Riegel Schokolade und kaute sie während der Schulstunden – indem sie unter dem Schutz ihres Taschentuchs kleine Stückchen aus der Tasche förderte und, wenn das Silberpapier knisterte, erschrocken innehielt. Doch heute früh hatte der Papa ihr ein Spiegelei auf den Teller gelegt, und sie hatte gewußt, daß sie, wenn es platzte und das schleimige Gelb über das Weiße quoll, weinen würde. Und so war's auch gekommen. Jetzt hatte sie das gleiche Gefühl. Behutsam legte sie die Zeitschrift wieder auf den Tisch und machte die Augen zu.

Die Musik im Studio schien heftig und ungeschickt auf etwas zu bestehen, das nicht zu haben war. Nach einem Weilchen entfernten sich ihre Gedanken von Heime und dem Konzert und dem Bild – und kreisten wieder um das Spiel. Sie rutschte auf dem Sofa weiter vor, bis sie gut ins Studio schauen konnte, wo die beiden spielten und aufmerksam die Vorzeichen beachteten und alles, was sie dort fanden, kraftvoll ausführten.

Mr. Bilderbachs Gesicht, als er sie vorhin angeblickt hatte, kam ihr nicht aus dem Sinn. Ihre Hände, die immer noch unwillkürlich im Rhythmus der Fuge zuckten, falteten sich über ihren knochigen Knien. Wie müde sie war! Und wieder hatte sie das Gefühl des Kreiselns und Versinkens, das sie oft überfiel, kurz bevor sie in Schlaf sank, wenn sie abends zu lange geübt hatte. Genau wie die müden Halbträume, die sie summend einkreisten und sie in wirbelnde Räume entführten.

Ein Wunderkind – ein Wunderkind – ein Wunderkind*! Die Silben kamen auf die dunkle deutsche Art angerollt, dröhnten ihr gegen die Ohren und verebbten zu einem Gemurmel, gleichzeitig mit den Gesichtern, die kreiselten und bis zur Ent-

* Im Originaltext steht das deutsche Wort

stellung anschwollen und zu bleichen Ballons verblaßten: Mr. Bilderbach, Mrs. Bilderbach, Heime, Mr. Lafkowitz. Rundherum, immer rundherum drehten sie sich im Kreis um das kehlige Wort Wunderkind. Mr. Bilderbach bedrohlich groß in der Mitte des Kreises, mit drängendem Gesicht – und die andern rings um ihn herum.

Akkorde schaukelten wie toll auf und ab. Noten, die sie geübt hatte, purzelten eine über die andre, wie eine Handvoll Murmeln, die man die Treppe hinunterwirft. Bach, Debussy, Prokofieff, Brahms – in groteskem Takt mit dem fernen Pochen ihres ermüdeten Körpers und dem summenden Kreis.

Manchmal, wenn sie nur drei Stunden geübt hatte oder nicht in die Schule gegangen war, waren die Träume nicht so wirr. Dann schwang sich die Musik in ihrem Denken klar empor, und kurze, deutliche kleine Erinnerungen kamen ihr: klar wie das alberne Bild *Age of Innocence*, das Heime ihr geschenkt hatte, nachdem ihr gemeinsames Konzert beendet war.

Ein Wunderkind – ein Wunderkind. So hatte Mr. Bilderbach sie genannt, als sie mit zwölf Jahren zum erstenmal zu ihm gekommen war. Ältere Schüler hatten das Wort wiederholt.

Nicht etwa, daß er sie je so angeredet hätte. »Bienchen ...« (sie hatte einen schlichten amerikanischen Namen, aber den benutzte er niemals, außer wenn sie ganz entsetzliche Fehler machte), »Bienchen«, sagte er wohl, »ich weiß, daß es schrecklich sein muß. Die ganze Zeit einen so vollen Kopf mit sich herumschleppen müssen. Armes Bienchen ...«

Mr. Bilderbachs Vater war ein holländischer Geiger gewesen. Seine Mutter stammte aus Prag. Er war in Amerika geboren, hatte aber seine Jugend in Deutschland verlebt. Wer weiß wie oft hatte sie gewünscht, sie wäre nicht einfach in Cincinnati geboren und aufgewachsen. Wie heißt *cheese* auf deutsch? Mr. Bilderbach, was heißt auf holländisch *I don't understand you?*

Der erste Tag, an dem sie ins Studio kam. Nachdem sie die ganze Zweite Ungarische Rhapsodie auswendig gespielt hatte. Das Zimmer im Zwielicht immer schattiger. Sein Gesicht, als er sich über den Flügel beugte.

»Jetzt fangen wir wieder ganz von vorne an«, hatte er an jenem ersten Tag gesagt. »Es gehört mehr als nur Geschick dazu – zum Musizieren. Wenn die Finger eines zwölfjährigen Mädchens in einer Sekunde soundsoviel Tasten spielen können – das besagt noch gar nichts.«

Mit seiner dicken Hand klopfte er auf seine breite Brust und gegen die Stirn. »Hier – und hier! Du bist alt genug, um das zu verstehen.« Er zündete sich eine Zigarette an und blies den ersten Rauch sachte über ihren Kopf weg. »Und arbeiten, arbeiten und noch mal arbeiten! Wir wollen jetzt mit den Bach-Stückchen und den kleinen Schumann-Sachen anfangen.« Seine Hände bewegten sich wieder, diesmal, um an der Schnur der Lampe hinter ihr zu ziehen und auf die Noten zu deuten. »Ich zeige dir jetzt, wie ich das Stück geübt haben möchte. Höre gut zu!«

Sie hatten fast drei Stunden am Flügel zugebracht, und sie war sehr müde. Seine tiefe Stimme klang so, als hätte sie schon lange in ihr getönt. Sie hätte gern die Hand ausgestreckt und seinen federnden Finger berührt, der die Phrasierung angab, und hätte gern den funkelnden goldnen Reif berührt und den starken behaarten Handrücken.

Sie hatte dienstags nach der Schule und an den Samstagnachmittagen Unterricht. Oft blieb sie, wenn die Samstagslektion zu Ende war, zum Abendbrot, und dann auch noch über Nacht, und fuhr erst am andern Morgen mit der Straßenbahn nach Hause. Mrs. Bilderbach hatte Bienchen auf ihre stille, fast ein wenig einfältige Art recht gern. Sie war ganz anders als ihr Mann. Sie war ruhig und dick und langsam. Wenn sie nicht in der Küche war und die schweren Gerichte zubereitete, die sie beide liebten, dann schien sie all ihre Zeit oben im Bett zu verbringen, Zeitschriften zu lesen oder einfach mit einem kleinen Lächeln ins Leere zu starren. Als sie in Deutschland geheiratet hatte, war sie Liedersängerin gewesen. Jetzt sang sie nicht mehr (wegen ihrer Kehle, wie sie sagte). Wenn er sie von der Küche ins Studio rief, damit sie sich einen Schüler oder eine Schülerin anhörte, dann lächelte sie stets und sagte, es sei gut, sehr gut.

Als Frances dreizehn Jahre alt war, wurde ihr eines Tages bewußt, daß Bilderbachs keine Kinder hatten. Es schien seltsam. Eines Tages war sie hinten bei Mrs. Bilderbach in der Küche gewesen, als er aus dem Studio gestürzt kam und sich wegen eines Schülers, der ihn geärgert hatte, vor Zorn nicht zu fassen wußte. Seine Frau stand da und rührte in der dicken Suppe, bis seine Hand sich vortastete und auf ihrer Schulter liegenblieb. Da drehte sie sich um, noch immer gelassen dastehend, indes er seine Arme um sie schlang und sein scharfes Profil im weißen, kraftlosen Fleisch ihres Halses vergrub. So standen sie da, ohne sich zu rühren. Und dann zuckte sein Gesicht plötzlich zurück: der Zorn war einer stillen Ausdruckslosigkeit gewichen, und er war wieder ins Studio gegangen.

Nachdem sie mit dem Unterricht bei Mr. Bilderbach begonnen hatte und ihr keine Zeit mehr blieb, Klassengenossinnen zu sehen, war Heime der einzige Freund in ihrem Alter. Er war Mr. Lafkowitz' Schüler und kam manchmal an den Abenden, an denen sie auch da war, mit ihm zu Bilderbachs. Dann hörten sie dem Spiel ihrer beiden Lehrer zu. Und oft spielten sie auch selbst zusammen: Kammermusik, Sonaten von Mozart oder Bloch.

Ein Wunderkind. Ein Wunderkind.

Heime war ein Wunderkind. Er und dann sie.

Heime hatte seit seinem vierten Lebensjahr Geige gespielt. Er brauchte nicht in die Schule zu gehen; Mr. Lafkowitz' Bruder, der verkrüppelt war, unterrichtete ihn nachmittags in Geometrie und europäischer Geschichte und französischer Grammatik. Als er dreizehn war, hatte er eine ebenso gute Technik wie jeder Geiger in Cincinnati – das sagten alle. Aber auf der Geige zu spielen mußte leichter sein als auf dem Klavier. Sie war überzeugt davon.

Heime roch ewig nach Samtmanchesterhosen und Kolophonium und nach dem, was er gerade gegessen hatte. Außerdem waren seine Hände rings um die Handgelenke meistens schmuddelig, und die Manschetten seiner Hemden schauten schwärzlich aus den Sweaterärmeln hervor. Wenn er spielte, beobachtete sie immer seine Hände: sie waren nur in den Fingergelenken dünn; harte kleine Fleischklümpchen wulsteten sich über die kurzgeschnittenen Nägel, und im bogenführenden Handgelenk zeichnete sich deutlich die Falte ab, die so babyhaft aussah.

In ihren Träumen, und auch wenn sie wachte, konnte sie sich nur ganz verschwommen an das Konzert erinnern. Erst viele Monate später erfuhr sie, daß es für sie kein Erfolg gewesen war. Zwar hatten die Zeitungen Heime viel mehr gerühmt als sie. Aber er war ja auch viel kleiner als sie. Als sie zusammen auf der Bühne standen, hatte er ihr nur bis an die Schulter gereicht. Und davon ließen sich die Leute beeinflussen, wie sie wußte. Und dann war es auch wegen der Sonate gewesen, die sie zusammen gespielt hatten. Von Bloch.

»Nein, nein, ich glaube nicht, daß sie geeignet ist«, hatte Mr. Bilderbach gesagt, als davon die Rede war, das Konzert mit der Bloch-Sonate zu beschließen. »Dagegen die Sache von John Powell – die Virginische Sonate ...«

Damals hatte sie es nicht begriffen; sie hatte gewünscht, es sollte die Bloch sein, genauso wie Mr. Lafkowitz und Heime.

Mr. Bilderbach hatte nachgegeben. Später, nachdem die Kritiker gesagt hatten, ihr fehle es für jene Art Musik an Temperament, und nachdem sie ihr Spiel dünn und arm an Gefühl genannt hatten, war sie der Ansicht, sie sei hineingelegt worden.

»All der intellektuelle Kram«, sagte Mr. Bilderbach und knisterte mit der Zeitung. »Das ist nichts für dich, Bienchen. All das mußt du den Heimes und ... witzes und ... skys überlassen.«

Ein Wunderkind. Einerlei, was die Zeitungen behaupteten, *er* hatte sie so genannt.

Wieso hatte Heime beim Konzert so viel besser abgeschnitten als sie? Manchmal in der Schule, wenn sie eigentlich aufpassen sollte, wie eine Geometrieaufgabe an der Wandtafel gelöst wurde, hatte die Frage wie ein Messer in ihr gewühlt. Im Bett machte sie sich auch Gedanken darüber, und sogar manchmal, wenn sie sich auf ihr Klavierspiel hätte konzentrieren sollen. Es war nicht bloß wegen Bloch, und weil sie keine Jüdin war – nicht das allein. Es war auch nicht deshalb, weil Heime nicht in die Schule zu gehen brauchte und seine Ausbildung schon so früh begonnen hatte. Es war ...?

Einmal glaubte sie schon, es zu wissen.

»Spiel die Fantasia und die Fuge!« hatte Mr. Bilderbach eines Abends vor etwa einem Jahr verlangt – nachdem er und Mr. Lafkowitz zusammen irgendwelche Noten gelesen hatten.

Der Bach kam ihr, während sie ihn spielte, als sehr geglückt vor. Mit dem äußersten Augenwinkel konnte sie den ruhigen, zufriedenen Ausdruck in Mr. Bilderbachs Gesicht gewahren und sehen, wie seine Hände sich mitgehend von den Armlehnen hoben und dann wieder entspannt und zufrieden nach unten sanken, wenn die großen Bögen der Melodie mit Erfolg

durchgeführt waren. Als sie fertig war, stand sie auf und schluckte, um die Fesseln zu lösen, die ihr die Musik um Brust und Kehle gelegt zu haben schien. Aber dann:
»Frances«, hatte Mr. Lafkowitz dann plötzlich gesagt und sie angeschaut – den schmallippigen Mund gekräuselt und die Augen fast verdeckt von den zerbrechlichen Lidern, »Frances, weißt du auch, wieviel Kinder Bach hatte?«
Sie drehte sich verblüfft um. »Sehr viele. Über zwanzig.«
»Dann konnte er also ...« Die Winkel seines Lächelns ritzten sich leicht in das blasse Gesicht. »Dann konnte er also nicht ... so kalt gewesen sein.«
Mr. Bilderbach war nicht angenehm berührt; aus seinem kehligen deutschen Wortschwall trat das Wort »Kind« hervor. Mr. Lafkowitz zog die Augenbrauen in die Höhe. Sie hatte gleich begriffen, um was es sich handelte, doch hielt sie es nicht für eine Täuschung, wenn sie eine ausdruckslose und kindliche Miene aufsetzte, denn Mr. Bilderbach wollte gern, daß sie so aussah.
Und doch hatten derlei Dinge nichts damit zu tun. Nicht sehr viel wenigstens, denn sie wurde ja älter. Mr. Bilderbach konnte das verstehen, und sogar Mr. Lafkowitz hatte es nicht genau so gemeint, wie er's gesagt hatte.
In ihren Träumen tauchte Mr. Bilderbachs Gesicht drohend auf und zog sich dann auf den Mittelpunkt des wirbelnden Kreises zurück. Die Lippen hoben sich leicht, und die Adern an seinen Schläfen pochten beharrlich.
Doch manchmal hatte sie vor dem Einschlafen auch sehr deutliche Erinnerungsbilder, zum Beispiel, wie sie ein Loch in der Ferse ihres Strumpfs nach unten zog, damit der Schuh es verstecken sollte. »Aber Bienchen, Bienchen!« Und er brachte Mrs. Bilderbachs Stopfkorb und zeigte ihr, wie es gestopft werden mußte – und nicht einfach zu einem dicken Knoten zusammengezogen werden durfte.
Und dann damals, als das Abgangsexamen von der Junior High School gefeiert wurde.
»Was ziehst du an?« hatte Mrs. Bilderbach am Sonntagmorgen beim Frühstück gefragt, nachdem sie ihnen geschildert hatte, wie sie den Einmarsch in die Aula geübt hätten.
»Ein Abendkleid, das meine Kusine voriges Jahr getragen hat.«
»Oh, Bienchen!« sagte er, schwenkte die warme Kaffeetasse in

seinen schweren Händen und blickte sie mit lachenden, zwinkernden Augen an. »Wolln wir wetten, daß ich genau weiß, was Bienchen tragen möchte?«

Und davon ließ er sich nicht abbringen. Er wollte es ihr nicht glauben, als sie erklärte, daß sie sich wahrhaftig gar nichts daraus machte.

»So etwa, Anna«, sagte er, warf seine Serviette auf den Tisch und trippelte durchs Zimmer, schaukelte mit den Hüften und schlug schmachtend die Lider hinter der Hornbrille auf.

Am folgenden Samstagnachmittag nahm er sie nach dem Unterricht mit in die Stadt, in ein Warenhaus. Seine dicken Finger glätteten die hauchfeinen Schleierstoffe und die knisternden Taftseiden, die die Verkäuferinnen von den Rollen abwickelten. Er hielt die Farben an ihr Gesicht, legte den Kopf auf die Seite und wählte Rosa. Auch an die Schuhe dachte er. Am besten gefielen ihm weiße Glacélederpumps. Ihr kamen sie ein bißchen wie Alte-Damen-Schuhe vor, und der Rotkreuzstempel am Spann innen sah so nach Wohltätigkeit aus. Aber eigentlich war es ja ganz einerlei. Als Mrs. Bilderbach mit dem Zuschneiden begann und das Kleid an ihr absteckte, unterbrach er den Unterricht, stellte sich daneben und schlug Rüschen am Ausschnitt und auf den Hüften vor und auf der Schulter eine Stoffrosette. Damals ging es mit ihrer Musik gut voran. Kleider und Schulbeginn und so weiter machten da keinen Unterschied aus.

Im Grunde hatte es alles nicht viel zu bedeuten, wenn sie nur so spielte, wie gespielt werden mußte, und das Etwas aus sich herausholte, das in ihr stecken mußte, und übte und übte und spielte, damit Mr. Bilderbachs Gesicht etwas weniger gespannt aussah. Wenn sie nur das Etwas in ihr Spiel legen konnte, das Myra Hess hatte und das Yehudi Menuhin hatte – ja, sogar Heime hatte es!

Was für eine Umwandlung hatte vor vier Monaten in ihr begonnen? Die Töne fingen an, glatt und leblos herauszuspringen. Adoleszenz, dachte sie. Manche Kinder spielten vielversprechend – und arbeiteten und arbeiteten, bis – wie bei ihr – die geringste Kleinigkeit sie zum Weinen brachte. Erschöpft von allem Bemühen, das Etwas richtig herauszuholen, das sie erstrebten, begann ihnen etwas Seltsames zu widerfahren. Aber nicht ihr! Sie war wie Heime. Sie mußte so sein. Sie . . .

Einst war es ja bestimmt dagewesen. Und man konnte doch solch ein Etwas nicht einfach verlieren. Ein Wunderkind, ein Wunderkind. Von ihr hatte er es gesagt, hatte die Worte in seinem überzeugten, tiefen Deutsch hervorrollen lassen. Und in den Träumen sogar noch tiefer; überzeugter denn je. Das drohende Gesicht ihr zugewandt, die schmachtenden Sätze der Musik vermischt mit dem summenden, kreiselnden Rundherum, Rundherum … Ein Wunderkind. Ein Wunderkind …

Heute nachmittag begleitete Mr. Bilderbach jedoch Mr. Lafkowitz nicht bis an die Haustür, wie er es sonst tat. Er blieb am Flügel und drückte leise eine einzelne Taste nieder. Frances hörte hin und sah dem Geiger zu, wie er sich den Schal um den blassen Hals band.

»Ein gutes Bild von Heime«, sagte sie und raffte ihre Noten zusammen. »Ich habe vor ein paar Monaten einen Brief von ihm bekommen; er schreibt, daß er Schnabel und Huberman gehört habe, und erzählt von der Carnegie Hall und von den Sachen, die sie im Russischen Tea-Room gegessen haben.«

Um den Augenblick, da sie ins Studio gehen mußte, noch etwas hinauszuzögern, wartete sie, bis Mr. Lafkowitz zum Gehen bereit war, und dann stellte sie sich hinter ihn, als er die Tür aufmachte. Die eisige Kälte drang von draußen herein. Es war schon spät, und durch die Luft sickerte das blasse Gelb der Winterdämmerung. Als die Tür sich in den Angeln drehte und schloß, erschien das Haus dunkler und schweigsamer, als sie es je erlebt hatte.

Als sie ins Studio ging, erhob sich Mr. Bilderbach vom Flügel und schaute ihr stumm zu, wie sie sich vor den Tasten zurechtsetzte.

»So, Bienchen«, sagte er, »heute nachmittag wollen wir ganz von vorne anfangen. Von ganz unten an. Wollen die letzten paar Monate vergessen!«

Er sah aus, als versuchte er eine Rolle in einem Film zu spielen. Sein schwerer Körper wippte von den Zehen auf den Absatz, er rieb sich die Hände, und er lächelte sogar auf eine befriedigte Filmschauspielerart. Dann plötzlich ließ er diese Manier schroff von sich abfallen. Seine schweren Schultern baumelten schlaff, und er begann den Notenstoß durchzublättern, den sie mitgebracht hatte. »Bach – nein, noch nicht«, murmelte er. »Beethoven? Ja. Die Sonate mit den Variationen. Opus 26.«

Die Tasten des Flügels schlossen sie ein: steif und weiß und leichenhaft.
»Warte einen Augenblick«, sagte er. Er stand in der Biegung des Flügels, hatte die Ellbogen aufgestützt und blickte sie an. »Heute erwarte ich etwas von dir. Die Sonate hier – ist die erste Beethoven-Sonate, die du bei mir durchgearbeitet hast. In ihrer technischen Ausführung ist jede Note unter Kontrolle, und du mußt nur um das Musikalische ringen. Jetzt nur um das Musikalische. Das ist alles, woran du denken sollst.«
Raschelnd schlug er die Seiten in ihrem Band um, bis er die Sonate gefunden hatte. Dann zog er seinen Stuhl halbwegs ins Zimmer hinein, drehte ihn um und setzte sich rittlings darauf. Sie wußte, daß es, wenn er diese Stellung einnahm, aus irgendeinem Grunde stets einen guten Einfluß auf ihr Spiel gehabt hatte. Doch heute spürte sie, daß sie ihn mit dem äußersten Augenwinkel wahrnehmen und sich stören lassen würde. Den Rücken hatte er steif nach hinten gelegt, seine Beine schienen voll nervöser Spannung. Der schwere Notenband vor seinem Gesicht schien gefährlich auf der Stuhllehne zu balancieren. »Jetzt fangen wir an«, sagte er und sandte ihr einen gebieterischen Blick zu.
Ihre Handflächen wölbten sich über den Tasten und sanken dann hinein. Die ersten Töne waren zu laut, die andern Takte klappten trocken nach.
Er hob die Hand von den Noten und gebot Einhalt. »Warte! Überlege dir eine Minute, was du spielst! Wie ist der Anfang bezeichnet?«
»Mit *An-andante!*«
»Gut! Dann mußt du es auch nicht zu einem *Adagio* verlangsamen! Und greife tief in die Tasten hinein! Hasche nicht so oberflächlich danach! Ein anmutiges, volltönendes *Andante* ...«
Sie versuchte es wieder. Ihre Hände schienen abgetrennt von der Musik, die in ihr war.
»Sag mal«, unterbrach er sie, »welche von diesen Variationen beherrscht das Ganze?«
»Der Trauermarsch«, erwiderte sie.
»Dann bereite ihn vor. Es ist ein *Andante* – aber es ist keine Salonmusik, wie du sie eben gespielt hast. Fange sanft an, *piano,* und lasse es erst kurz vor dem *Arpeggio* anschwellen. Spiele es warm und dramatisch. Und hier unten, wo es mit *dolce*

bezeichnet ist, laß die Gegenstimme hervortreten. Das weißt du ja alles. Wir haben das alles schon durchgesprochen. Spiele es jetzt. Empfinde es so, wie Beethoven es niedergeschrieben hat. Fühle die Trauer und die Zurückhaltung.«

Sie mußte unablässig auf seine Hände schielen. Sie schienen nur flüchtig auf den Noten zu ruhen, bereit, hochzufliegen und Halt zu gebieten, sobald sie beginnen würde: aufblitzend das Funkeln seines Ringes, das ihr Halt gebot. »Mr. Bilderbach ... wenn ich vielleicht ... Wenn Sie mir erlauben würden, die erste Variation ohne Unterbrechung zu spielen, könnte ich's vielleicht machen.«

»Ich werde dich nicht unterbrechen.«

Ihr bleiches Gesicht neigte sich zu tief auf die Tasten. Sie spielte den ersten Teil hintereinander und begann auf sein Kopfnicken hin den zweiten. Es kamen keine Fehler vor, die ihr Ohr beleidigt hätten, doch die Takte nahmen unter ihren Fingern Gestalt an, ohne daß sie ihnen den Ausdruck verleihen konnte, den sie im Innersten empfand.

Als sie geendet hatte, blickte er von den Noten auf und begann mit schwermütiger Offenheit zu sprechen: »Die harmonischen Verzierungen in der rechten Hand habe ich kaum gehört. Und außerdem sollte dieser Teil an Intensität zunehmen und die Vorahnungen ausbauen, die für den zweiten Teil charakteristisch sind. Aber spiele jetzt weiter!«

Sie wollte den nächsten Satz mit verhaltener Auflehnung beginnen lassen und allmählich zu einem tiefen, wachsenden Kummer vorrücken. Ihr Gefühl sagte ihr das. Doch ihre Finger schienen wie schlaffe Makkaroni an den Tasten zu kleben, und sie konnte sich das Stück nicht mehr so vorstellen, wie es gemeint war.

Als der letzte Ton verklungen war, schloß er das Notenheft und erhob sich energisch vom Stuhl. Er bewegte den Unterkiefer von einer Seite auf die andere, und zwischen seinen offenen Lippen konnte sie die rosige, gesunde Gasse zu seiner Kehle und zu den starken rauchgelben Zähnen erblicken. Er legte den Beethoven behutsam auf ihre übrigen Noten und stützte seine Ellbogen wieder auf die glatte schwarze Fläche des Flügels. »Nein«, sagte er einfach und blickte sie an.

Ihr Mund begann zu zittern. »Ich kann's nicht ändern. Ich ...«

Plötzlich verzog er seine Lippen zu einem Lächeln. »Hör mal, Bienchen«, begann er mit einer neuen, forcierten Stimme. »Du spielst doch immer noch den *Fröhlichen Hufschmied*, nicht wahr? Ich sagte dir, du möchtest es nicht aus deinem Repertoire streichen.«

»Ja«, sagte sie. »Ich übe es hin und wieder.«

Er sprach jetzt mit der Stimme, die er Kindern gegenüber anwandte. »Es gehörte zu den ersten Stücken, die wir zusammen durchgearbeitet haben, weißt du noch? So kräftig hast du es immer gespielt – richtig wie die Tochter eines Schmieds. Sieh mal, Bienchen, ich kenne dich so gut – als ob du meine eigene Tochter wärst. Ich weiß, was du hast ... Ich habe dich so viele Stücke wunderschön spielen hören. Immer hast du ...«

Er brach verwirrt ab und inhalierte den Rauch aus dem zerquetschten Zigarettenstummel. Der Rauch schlich träge aus seinen rosigen Lippen und legte sich als grauer Nebel um ihr offenes Haar und die kindliche Stirn.

»Laß es glücklich und schlicht klingen«, sagte er, schaltete hinter ihr die Lampe an und trat vom Flügel fort.

Einen Augenblick stand er innerhalb des hellen Kreises, den das Licht bildete. Dann kauerte er sich impulsiv auf den Fußboden. »Kraftvoll«, sagte er.

Sie konnte nicht aufhören, ihn anzublicken, wie er da auf dem einen Absatz saß und den andern Fuß wegen des Gleichgewichts quer davorgelegt hatte; die Muskeln seiner starken Oberschenkel strammten sich unter dem Tuch der Hose, der Rücken war gerade, die Ellbogen waren fest auf die Knie gestemmt. »Also schlicht«, wiederholte er mit einer Geste seiner fleischigen Hände. »Denke an den Schmied – wie er den ganzen Tag draußen im Sonnenschein arbeitet. Mühelos und unbekümmert arbeitet.«

Sie konnte nicht auf die Tasten blicken. Das Licht schimmerte auf den Härchen seines Handrückens und ließ die Gläser seiner Brille glitzern.

»Alles!« sagte er. »Jetzt!«

Es war ihr zumute, als sei das Mark ihrer Knochen ausgehöhlt und als sei kein Blut mehr in ihren Adern. Ihr Herz, das den ganzen Nachmittag gegen ihre Brust gehämmert hatte, schien ihr plötzlich wie tot. Sie sah es grau und schlaff und an den Rändern eingeschrumpft wie eine Auster.

Sein Gesicht schien vor ihr in den freien Raum hinauszuzittern und mit der bedrohlichen Bewegung der Adern an seinen Schläfen auf sie zuzukommen. Ausweichend blickte sie auf die Tasten. Ihre Lippen bebten wie Gallert, und ein Quell lautloser Tränen ließ die weißen Tasten zu einer wässerigen Linie verschwimmen. »Ich kann nicht«, flüsterte sie. »Ich weiß nicht, warum, aber ich kann einfach nicht, kann einfach nicht mehr.«

Sein angespannter Körper sackte zusammen; er stützte sich seitlich mit der Hand auf und rappelte sich hoch. Sie packte ihre Noten und eilte an ihm vorbei.

Ihr Mantel. Ihre Fäustlinge und die Galoschen. Die Schulbücher und die Notentasche, die er ihr zum Geburtstag geschenkt hatte. Alles, was ihr gehörte in diesem stillen Zimmer. Rasch – ehe er etwas sagen mußte.

Als sie über den Vorflur ging, sah sie, ohne es zu wollen, seine Hände: er hielt sie vom Körper weg, der entspannt und zwecklos gegen die Studiotür lehnte. Die Tür fiel fest ins Schloß. Sie schleppte ihre Bücher und die Notentasche und stolperte die Steintreppe hinunter, wandte sich der verkehrten Richtung zu und hastete die Straße entlang, die wie ein Wirrwarr an Lärm und Fahrrädern und Spielen andrer Kinder auf sie einstürmte.

Stück ohne Titel

Kannst du mir sagen, wie der Ort hier heißt?

Der junge Mann am Tisch des Lunchraums im Bus-Bahnhof kannte weder den Namen noch die Lage der Stadt, in der er war, und Zeit und Stunde wußte er nicht genauer, als daß es irgendwann zwischen Mitternacht und Morgen war. Es war ihm klar, daß er bereits im Süden war, daß er jedoch noch viele Stunden zu fahren hatte, ehe er zu Hause war. Lange Zeit hatte er vor einer halben Flasche Bier am Tisch gesessen, entspannt und in einer schlaksigen Haltung, mit lose auseinanderklaffenden Schenkeln, den einen Fuß auf dem Knöchel des andern. Sein Haar mußte dringend geschnitten werden, es hing ihm weich und strähnig in die Stirn, und während er auf den Tisch starrte, war seine Miene nachdenklich, aber voller Leben und veränderte sich rasch, im Einklang mit seinen ständig wechselnden Gedanken. Das Gesicht war hager und deutete auf Unrast und eine gewisse unschuldige und unverhüllte Zweifelsucht hin. Neben dem Burschen auf dem Fußboden standen zwei Koffer und eine Kiste, jede ordentlich mit einem Gepäckanhänger in Form einer Karte, auf die sein Name getippt war: Andrew Leander, und als Adresse eine der größeren Städte in Georgia.

In trunkener Verwirrung war er in den Lunchraum gekommen, in einem Zustand, der nur zum Teil durch den Kornschnaps verursacht worden war, den ihm ein Mann im Bus angeboten hatte, vor allem aber durch die ständig zunehmende Erwartung, die ihn während der letzten paar Stunden seiner Fahrt gepackt hielt. Und dieses Gefühl hatte seine Gründe. Vor drei Jahren, als er siebzehn war, hatte Andrew in einem heftigen inneren Dilemma sein Zuhause verlassen, ein tolpatschiger Wanderer, der voller Furcht ins Unbekannte ging und annahm, er würde nie zurückkehren. Und jetzt kehrte er zurück.

Als Andrew im Lunchraum der unbekannten kleinen Stadt am Tisch saß, war er ruhiger geworden. Während der ganzen Zeit seiner Abwesenheit hatte er den Gedanken an seine Heimatstadt und seine Familie – an seinen Vater und seine Schwestern Sara und Mick und an das Negermädchen Vitalis, die für sie arbeitete, zurückgedrängt. Doch als er jetzt mit seinem Bier dasaß (so ausgesprochen ein Fremdling, als wäre er durch einen Zauber der Erde selbst enthoben), spulten sich die Erinnerungen an alle Zuhausegebliebenen mit der Deutlichkeit einer Filmrolle in ihm ab – manchmal fest umrissen und in einem Muster, dann wieder in chaotischer Unordnung.

Und vor allem eine kleine Episode war es, die wieder und immer wieder in seinem Geist auftauchte, obwohl er bis zu diesem Abend seit Jahren nicht mehr daran gedacht hatte. Es war ungefähr zu der Zeit gewesen, als er und seine Schwester sich im Hof ein Gleitflugzeug bauten, und vielleicht erinnerte er sich deshalb ständig daran, weil das, was er damals empfand, so sehr der Erwartung glich, welche diese Reise ihm brachte.

Damals waren sie allesamt Kinder gewesen, und in einem Alter, wo alles Neue, was sie durchs Radio oder durch Bücher oder Filme erfuhren, sie in einen wilden Eifer versetzen konnte. Er war dreizehn gewesen, Sara war ein Jahr jünger, und die kleine Mick (sie zählte bei solchen Dingen nicht mit) ging noch in den Kindergarten. Er und Sara hatten in der Schulbücherei in einer naturwissenschaftlichen Zeitschrift etwas über Segler gelesen, und sofort begannen sie, sich im Hof so ein Gleitflugzeug zu bauen. (Sie begannen es eines Nachmittags mitten in der Woche, und bis zum Samstag hatten sie so emsig gearbeitet, daß es fast fertig war.) Der Artikel hatte keine genauen Anweisungen gegeben, wie es zu bauen war; sie mußten sich an das halten, was sie sich in ihrer Phantasie vorstellten, und Materialien benutzen, die sie gerade zur Hand hatten. Vitalis wollte ihnen kein Leintuch geben, um damit die Flügel zu überziehen, daher hatten sie das Segeltuch von seinem Camping-Zelt zerschnitten und statt dessen benutzt. Für den Rahmen verwendeten sie Bambusstöcke und etwas leichtes Holz, das sie den Zimmerleuten stibitzten, die im nächsten Häuserblock eine Garage bauten. Als das Gleitflugzeug fertig war, schien es nicht sehr groß, und auch sonst unterschied es sich von denen, die sie im Kino gesehen hatten. Aber Andrew und Sara versicherten sich gegenseitig, es sei ebensogut, und nichts könne ihr Flugzeug am Fliegen hindern.

Jener Samstag war ein Tag, den sie niemals vergessen würden. Der Himmel war von einem tiefen, lodernden Blau, von der gleichen Farbe wie Gasflammen, und manchmal wehte eine schwere, drückende Brise. Den ganzen Vormittag hatten er und Sara auf dem Hof gearbeitet. Von all der Aufregung war Saras Gesicht abgespannt und blaß, und ihre vollen, beinah schmollenden Lippen waren rot und so trocken wie nach einem Fieber. Sie lief hin und her, um Dinge zu holen, von denen sie glaubte, daß man sie vielleicht gebrauchen könne; ihre dünnen Beine waren in die Länge geschossen und ungeschickt, und das feuchte Haar hing ihr über die Schultern. Klein-Mick hockte auf der Küchentreppe und schaute zu. Ihm schien es damals, sie wären so verschieden, wie Schwestern nur sein konnten. Mick saß still da: sie hatte die Hände auf die dicken kleinen Knie gelegt und sagte nicht viel, sondern schaute alles, was sie taten, mit einer erstaunten Miene an, und der kleine Mund stand leicht offen. Sogar Vitalis war fast die ganze Zeit bei ihnen draußen. Sie wußte nicht, ob sie daran glauben sollte oder nicht. Vitalis war eine nervöse, ziemlich helle Negerin, und das Flugzeug hatte etwas an sich, was sie ebenso erregte wie die andern – und es machte ihr auch Angst. Während sie ihnen zuschaute, spielten ihre Finger dauernd mit den roten Ohrringen, oder sie zupfte sich an den aufgedunsenen, zitternden Lippen. Alle fanden, daß der Tag etwas Wildes an sich hatte. Es war, als wären sie von allen andern Leuten in der Welt getrennt und als käme es einzig auf sie an, was sie auf dem stillen, in der Sonne kochenden Hof zu vieren planten und arbeiteten. Es war gerade so, als hätten sie nie etwas anderes gewollt als diesen Segler und seinen Flug von der Erde aufwärts in den heißen blauen Himmel hinauf.

Das Starten bereitete ihnen die größte Sorge. Ständig sagte er zu Sara: »Wir sollten einen Wagen haben, an den wir ihn ankoppeln, denn so machen es die richtigen Flieger, um ihre Segler hochzubringen. Oder sonst so ein Gummiseil, wie es in der Zeitschrift beschrieben ist.«

Aber neben ihrer Garage wuchs eine hohe Kiefer, deren Zweige hoch hinaufwuchsen und sich fast bis zum Haus hinüberreckten. An einem ihrer Äste hing eine Schaukel, und mit deren Hilfe wollten sie starten. Er und Sara nahmen das Sitzbrett heraus und steckten statt dessen ein großes Brett hindurch. Und mit dem Schwung, den die Schaukel ihnen gab, wollten sie starten.

Vitalis meinte, sie habe die Verantwortung für sie, und sie bekam es mit der Angst. »Hab schon den ganzen Tag so'n komisches Gefühl«, sagte sie.
Es wehte eine heiße, träge Brise, und aus dem Wipfel der Kiefer kam es wie sanftes Seufzen. Vitalis hielt die Hände hoch, um die Windrichtung festzustellen, und stand einen Augenblick so da und schaute gen Himmel – eifrig wie ein Wilder, der hingerissen betet.
»Ihr glaubt, weil eure Mutter nicht mehr lebt, braucht ihr auf niemand zu hören. Warum wartet ihr nicht, bis euer Daddy nach Hause kommt, und fragt ihn dann? Den ganzen Tag hab ich schon so'n komisches Gefühl, daß mit dem Ding was Schlimmes passiert!«
»Still!« sagte Sara.
»Ich weiß, daß es kein richtiges Flugzeug ist, auch wenn's die großen Flügel hat, die ihr aus dem alten zerrissenen Zelt gemacht habt. Und ich weiß, daß ihr genau solche Menschen seid wie ich. Und daß euer Kopf genauso leicht kaputtgehen kann.«
Aber einerlei, was sie sagte, Vitalis glaubte ebensosehr wie die andern an den Segler. Wenn sie in der Küche war, konnten sie sie alle paar Minuten ans Fenster treten und hinausblicken sehen – die breite Nase an die Scheibe gepreßt, mit zitternden dunklen Wangen.
Als sie den Segler fertig hatten, war die Sonne beinah untergegangen. Der Himmel war zu einem bleichen Nephritgrün verblaßt, und die Brise, die fast den ganzen Tag geweht hatte, kam ihnen kühler und stärker vor. Im Hof war es sehr still, und weder er noch Sara sagten etwas oder schauten sich an, während sie den Segler nervös auf die Schaukel bugsierten. Sie hatten bereits verhandelt, wer zuerst aufsteigen sollte, und er hatte gewonnen. Sie riefen Vitalis aus dem Haus herbei und baten sie, Sara zu helfen, wenn sie den Startstoß gab, und als sie erklärte, sie wolle es nicht tun, sagten sie, dann würden sie Chandler West oder einen andern Jungen aus der Nachbarschaft holen, deshalb könne sie es ebensogut selber tun. Klein-Mick stand von der Treppe auf, von wo aus sie den ganzen Tag zugeschaut hatte, und sah ihm zu, wie er vorsichtig auf die Schaukel stieg, sich in den Rahmen des Seglers hockte und sich mit den Gummisohlen seiner Turnschuhe am Holz festhielt.

»Glaubst du, daß du bis nach Atlanta oder Cleveland kommst?« fragte Mick. Cleveland war die Stadt, in der ihr Vetter lebte, daher war ihr der Name bekannt.

Während er, sich hinkauernd, das Gleichgewicht zu bewahren suchte, schien es ihm, als habe er schon den Erdboden verlassen. Er konnte sein Herz fühlen, das ihm bis in die Kehle schlug, und seine Hände zitterten.

Vitalis sagte: »Und selbst wenn das bißchen Wind dich langsam in die Luft trägt – was machst'n dann? Willst du dann einfach die ganze Nacht da oben rundrum fliegen, als wärst du'n Engel?«

»Kommst du rechtzeitig zum Abendbrot zurück, Drew?« fragte Mick.

Sara sah aus, als hörte sie nichts von allem, was gesagt wurde. Auf ihrer Stirn standen Schweißtropfen, und Andrew konnte hören, wie ihr Atem flog: sehr rasch und flach. Sie und Vitalis nahmen jeder ein Seil von der Schaukel in die Hand und zogen aus Leibeskräften daran. Sogar Klein-Mick half ihnen, den Segler auszubalancieren. Es schien, als erfordere es viele Stunden, ihn auch nur so hoch wie ihre Köpfe zu hieven, während Andrew, sich gespannt duckend, mit verkrampftem Unterkiefer und halb geschlossenen Augen wartete. Während dieser Minuten sah er sich schon in den blauen Himmel hinaufsteigen, hoch und immer höher, und die Freude, die er dabei empfand, war mit nichts zu vergleichen.

Dann ereignete sich das, was hinterher am schwersten zu verstehen war. Sowie der Segler die Schaukel verließ, fiel er hin, und er, Andrew, schlug so hart auf, daß sein Magen sich eine ganze Zeit schwindelerregend im Kreis herumdrehte und ihm zumute war, als stünde jemand auf seiner Brust, so daß er nicht atmen konnte. Aber irgendwie war das ganz unwichtig. Er sprang vom Boden auf, als dürfe er nicht glauben, was passiert war. Er war nicht auf den Segler gefallen, und bis auf einen kleinen Riß im Flügel war nichts kaputtgegangen. Andrew öffnete die Schnalle an seinem Gürtel und versuchte, tief Atem zu holen. Er und Sara sprachen kein Wort: sie waren eifrig dabei, den nächsten Abflug vorzubereiten. Und was so seltsam an der Sache war: sie wußten beide, daß der zweite Versuch genauso wie der erste enden und daß ihr Segler nie fliegen würde. In einem Winkel ihres Herzens wußten sie es,

aber etwas hinderte sie, darüber nachzudenken – ihr Wollen nämlich und die Aufregung, die sie nicht stillesein ließ und sie nicht zur Vernunft brachte.
Mit Vitalis war es anders. Ihre Stimme stieg in schrillem Geplärr in die Höhe: »Der Andrew ist beinah geplatzt, aber ihr wollt doch noch weitermachen mit dem Ding! 's wird Zeit, daß ihr fünfundzwanzig werdet, so alt wie ich, damit ihr Vernunft annehmt!«
Sogar Mick begann zu reden. Sie war sonst ein stilles Kind und hatte all die Zeit, die sie auf dem Hof gewesen war, kaum zehn Worte gesprochen. So war sie eben immer. Sie schaute einen an, den kleinen Mund halb offen, und schien zu staunen und alles zu erfassen, was man sagte oder tat, ohne eine Antwort beizusteuern. Doch jetzt sagte sie: »Wenn ich zwölf Jahre alt bin und groß, dann fliege ich und falle nicht runter. Wartet's nur ab!«
»Red nicht so!« sagte Vitalis. Sie wollte ihnen nicht mehr zuschauen, deshalb ging sie ins Haus. Dann und wann konnten sie ihr dunkles Gesicht sehen, wie es aus dem Küchenfenster herausspähte. Andrew mußte also Sara allein in Schwung bringen.
Als sie in den Segler stieg, war es beinah dunkel. Sie schlug fast noch heftiger auf als er, aber sie tat nicht so, als hätte sie sich weh getan, und anfangs bemerkten sie die Beule über ihrem Auge und die lange blutige Schramme auf ihrem Knie nicht, wo die Haut abgeschürft war. Der Segler wurde diesmal überhaupt nicht beschädigt, und es schien, daß sie nun erst richtig verrückt wurden, wie es Vitalis von ihnen behauptet hatte. »Bloß noch ein einzigesmal will ich's versuchen«, sagte Sara. »Er bleibt immer am Sitzbrett kleben, und wenn ich das in Ordnung bringe, dann muß er einfach aufsteigen!« Sie lief ins Haus und trat nur leicht mit dem Bein auf, das sie sich verletzt hatte. Sie kam mit einem Stück Butter auf einem gewachsten Pergamentpapier zurück, um die Schaukel einzufetten. Vitalis' hohe, singende Stimme rief ihnen von der Küche her etwas zu, aber keiner antwortete ihr.
Nach dem drittenmal war es alles aus. Andrew hatte Sara wieder auf den Segler gelassen, weil er zu schwer war, um von ihr gestartet zu werden, und diesmal mußte er Sara von der Erde aufsammeln. Ihr Auge war geschwollen, und sie sah krank aus.

Sie stand mit dem Gewicht auf dem einen Fuß, und als sie den Rock hob, um ihm die dicke Beule auf dem Oberschenkel zu zeigen, zitterte ihr Knie so sehr, daß sie fast das Gleichgewicht verlor. Alles war vorbei, und ihm war innerlich tot und leer zumute.

Es war beinah dunkel, und sie standen lange da und sahen einander mit blassen Gesichtern an. Mick saß noch immer auf der Treppe, beobachtete sie mit ängstlichen Blicken und sagte gar nichts. Ihre Gesichter glommen weiß durch das Halbdunkel, und der Geruch vom Abendbrot in der Küche hing kräftig in der heißen, stillen Luft. Es war sehr ruhig, und wieder schien es so einsam, daß ihn ein Gefühl überwältigte, als wären sie die einzigen Menschen von der Welt.

Schließlich sagte Sara: »Mir macht es nichts aus. Auch wenn es nicht geklappt hat, freu ich mich doch! Mir ist's lieber, daß es so ist wie jetzt – anstatt daß wir überhaupt nicht versucht hätten, ihn zu bauen! Mir macht es nichts aus.«

Er brach ein Stück Kiefernborke ab und blickte zu Vitalis auf, die im sanften gelben Licht der Küche umherging.

»Aber es hätte klappen müssen! Er hätte fliegen müssen! Ich kann's einfach nicht verstehen, weshalb es nicht ging!«

Ein weißer Stern schimmerte am dunklen Himmel. Sehr langsam gingen sie über den Hof zur Küchentreppe, und sie waren froh, daß ihre Gesichter in der Dunkelheit halb versteckt blieben. Ruhig gingen sie ins Haus, und von da an war Vitalis die einzige, die jemals davon sprach, was an jenem Tag geschehen war.

Der junge Mann trank sein Glas Bier aus und machte dem verschlafenen Kellner ein Zeichen, ihm noch eins zu bringen. Auf einmal beschloß er, nicht den nächsten Bus zu nehmen, sondern bis zum Morgen in dieser fremden Stadt zu bleiben. Er machte die Augen halb zu, um sich gegen das grelle Licht und die paar müde an den Tischen wartenden Reisenden und das schmutzige karierte Tischtuch abzusperren.

Ihm schien es, daß niemand je genauso empfunden hatte wie er. Die Vergangenheit – die siebzehn Jahre seines Lebens, die er zu Hause war – lag wie eine dunkle, komplizierte Arabeske vor ihm. Doch es war kein Muster, das man auf den ersten Blick verstehen konnte, da es eher einem Musikstück glich, das sich Stimme um Stimme kontrapunktisch entfaltet und erst nach der Zeit verstanden werden konnte, die es braucht, um reproduziert zu werden. Es nahm in einem unbestimmten Muster Gestalt an, das weniger aus Ereignissen als aus Gefühlen zusammengesetzt war. Die letzten drei Jahre in New York traten überhaupt nicht in das Muster ein und waren nichts weiter als ein dunkler Hintergrund, dazu da, jetzt die Helligkeit des Vorausgegangenen zu reflektieren. Und bei alledem war ihm – als Gegenstimme zu den ineinander verwobenen Gefühlen – immer Musik gegenwärtig.

Musik hatte ihm und Sara stets viel bedeutet. Vor langer Zeit, noch ehe Mick auf die Welt kam und als ihre Mutter noch am Leben war, bliesen sie beide auf Kämmen, die mit Toilettenpapier umwickelt waren. Später waren es Harmonikas aus dem Zehn-Cents-Laden und die traurigen Lieder ohne Worte, die von den Farbigen gesungen wurden. Dann begann Sara Musikunterricht zu nehmen, und obwohl sie weder ihre Lehrerin leiden mochte noch die Stücke, die sie üben sollte, hielt sie sich doch ziemlich eifrig ans Üben. Sie spielte gern die Jazzlieder, die sie gehört hatte, oder sie saß einfach am Klavier und schlug wahllos Töne an, die überhaupt keine Musik waren.

Er war ungefähr zwölf, als die Familie sich ein Radio anschaffte, und danach begann sich alles zu ändern. Sie fingen an, Symphonieorchester und Programme anzustellen, die ganz verschieden von dem waren, was sie bis dahin gehört hatten. Diese Musik kam ihnen irgendwie fremd vor und doch war es etwas, auf das sie ihr Leben lang gewartet hatten. Dann schenkte Dad ihnen einmal zu Weihnachten eine tragbare Victrola und ein paar Platten mit italienischen Opern. Sie drehten ihre Victrola immer wieder und wieder auf, und schließlich waren die Platten abgespielt – es stellten sich kratzende Geräusche in der Musik ein, und die Sänger hörten sich so an, als hielten sie sich die Nase zu. Im folgenden Jahr bekamen sie ein paar Wagner- und Beethovenplatten.

All das war vor der Zeit, ehe Sara von zu Hause weglaufen wollte. Weil sie im gleichen Haus wohnten und sooft zusammen waren, fiel ihm die Art, wie sie sich veränderte, nur allmählich auf. Natürlich wuchs sie sehr schnell und konnte ein Kleid keine zwei Monate tragen, ohne daß ihre Handgelenke hervorschauten und der Rock kürzer als ihre knochigen Knie war. Aber darum ging es nicht. Sie erinnerte ihn an jemand, der verschlafen durch ein dunkles Zimmer stolpert, in dem plötzlich eine Lampe angeschaltet wurde. Oft zeigte ihr Gesicht einen verlorenen, benommenen Ausdruck, der schwer zu verstehen war.

Sie pflegte sich zuerst auf *eine* Sache und dann auf eine andre zu stürzen. Eine Zeitlang war es das Kino. Jeden Samstag ging sie mit ihm und Chandler West und den übrigen Kindern zur Vorstellung, doch wenn es aus war und sie sich alles gründlich angesehen hatten, dann ging sie nicht mit ihnen hinaus, sondern blieb im Kino, bis es draußen beinah dunkel war. Sie begann schon immer auf den Bildschirm zu schauen, sowie sie am Platzanweiser vorbei war, und stolperte den Gang hinunter, ohne auf die Sitzreihen zu blicken, bis sie fast vor dem Bildschirm stand – dann setzte sie sich ungefähr in die dritte Reihe und hatte den Kopf in den Nacken gelegt und den Mund nicht ganz geschlossen. Selbst nachdem sie das ganze Programm zweimal gesehen hatte, drehte sie sich noch dauernd im Hinausgehen um, so daß sie gegen andre Leute prallte und fast wie eine Betrunkene wirkte. An den Wochentagen sparte sie sich von ihrem Lunchgeld alles bis auf einen Zehner und kaufte sich Filmzeitschriften. Sie hatte Bilder von Clive Brook und vier oder fünf andern Stars an die Wand ihres Zimmers gepinnt, und wenn sie in den Drugstore ging, um die Zeitschriften zu kaufen, ließ sie sich eine Schokolade-Milch geben und blätterte alle Hefte durch, die vorrätig waren, und dann kaufte sie die, in denen die meisten ihrer Lieblings-Stars waren. Es dauerte etwa drei Monate, in denen das Kino das einzige war, woraus sie sich etwas machte. Dann war es ganz plötzlich vorbei damit, und sie ging nicht mal mehr in die Samstagsvorstellung.

Danach kam das Pfadfinderinnen-Lager an die Reihe, zu dem sie und die Mädchen, die sie kannte, hingingen: an einem See lag es, etwa zwanzig Meilen außerhalb der Stadt. Den Monat davor sprach sie über nichts anderes. In den Khaki-Shorts und den Jungens-Hemden, die sie tragen sollten, gab sie vor dem Spiegel groß an; sie hatte die Haare straff nach hinten gekämmt und fand es großartig, so zu tun, als wäre sie ein Junge. Doch kaum war sie vier Tage im Lager gewesen, entdeckte er eines Nachmittags, als er ins Zimmer trat, daß sie auf der

Victrola spielte. Sie hatte sich von einer Beraterin nach Hause bringen lassen, und sie sah ganz erledigt aus. Sie erzählte, sie hätten nichts weiter getan als Schwimmen und Wettrennen und Bogenschießen. Und auf den Feldbetten hätten keine Matratzen gelegen, und nachts hätten sie Moskitos gehabt, und jetzt hatte sie Wachstumsschmerzen in den Beinen und konnte nicht schlafen. »Ich bin bloß immerzu gelaufen, und die ganze Nacht lag ich im Dunkeln wach und konnte nicht schlafen«, erzählte sie immer wieder. »Weiter war da nichts.« Er hatte sie ausgelacht, aber als sie zu weinen anfing – nicht so ein Geheul, wie Mick es von sich gab, sondern langsam und ohne zu schluchzen –, da war ihm fast, als wäre er ein Stück von ihr, und er weinte ebenfalls. Sie hatten lange zusammen auf dem Fußboden gesessen und ihre Platten durchgespielt. Beide hatten sich immer sehr viel näher gestanden als die meisten Brüder und Schwestern.

Musik war für sie so etwas, wie es der Segler hätte sein können. Sie war aber kein so unvermitteltes Erlebnis, und sie ließ sie nicht im Stich. Vielleicht war Musik für sie das, was Whisky für ihren Dad war. Sie wußten, daß Musik etwas war, was aus ihrem Leben nicht fortzudenken sein würde.

Sara spielte immer häufiger Klavier, seit sie in der High School war. Es gefiel ihr dort ebensowenig wie ihm, und manchmal quälte sie ihn sogar, Entschuldigungsbriefe für sie zu schreiben und mit Dads Namen zu unterzeichnen. Im ersten Semester bekam sie sieben schlechte Zensuren. Ihr Dad wußte nicht, was er mit Sara tun sollte, und sooft sie etwas Schlimmes machte, räusperte er sich bloß und blickte sie verlegen an, als wüßte er nicht, wie er ihr sagen sollte, was er im Sinn hatte. Sara glich den Bildern von ihrer und seiner Mutter, und er, Andrew, liebte sie sehr – aber auf eine komische, schüchterne Art. *Er* fand es nicht schlimm wegen der schlechten Zensuren. Sie war ja erst zwölf, und mit zwölf in der High School sein, das war schon etwas.

Es kommt eine Zeit, wo jeder mal weglaufen will, egal, wie gut er sich mit seiner Familie steht. Da meint man, man müsse weglaufen wegen einer Sache, die man angestellt hat oder noch tun will, oder vielleicht weiß man überhaupt nicht, weshalb man weglaufen will. Vielleicht ist es ein heimlicher Hunger, und man glaubt, man müsse weglaufen und etwas suchen. Er war einmal von zu Hause weggelaufen, als er elf war. Und ein Mädchen im nächsten Häuserblock nahm ihr Geld aus der Schulsparkasse und stieg in einen Bus nach Hollywood, weil die Schauspielerin, in die sie verknallt war, einen ihrer Briefe beantwortet und ihr geschrieben hatte, wenn sie je nach Kalifornien käme, sollte sie bei ihr hereinschauen und sie besuchen und sich ihren Swimming-pool ansehen. Ihre Angehörigen hatten zehn Tage lang keine Nachrichten von ihr, und dann fuhr ihre Mutter nach Hollywood und holte sie. Sie war im Swimming-pool der Schauspielerin geschwommen und hatte versucht, eine Stelle beim Film zu bekommen. Sie bedauerte es nicht, wieder nach Hause zu gehen. Sogar Chandler West, der immer schwerfällig und doof war, versuchte wegzulaufen. Obwohl Chandler, solange sie denken konnten, immer in der gleichen Straße wie sie, ihnen gegenüber gewohnt hatte, war etwas an ihm, das keiner verstand. Sogar als kleine Kinder hatten sie das schon gespürt. Es passierte, nachdem Chandler in der Schule sämtliche Fächer verpatzte, die meisten zum zweitenmal. Hinterher erzählte er, daß er sich in den kanadischen Wäldern eine Hütte hätte bauen und dort ganz allein als Trapper hätte leben wollen. Er war zu dumm zum trampen, daher wanderte er einfach nach Norden, bis er schließlich, weil er in einem Graben geschlafen hatte, von der Polizei aufgelesen und nach Hause geschickt wurde. Seine Mutter war halb verrückt vor Angst, und solange er weg war, blickten ihre Augen ganz wild drein, wie bei einem Tier. Man hätte glauben können, Chandler wäre der einzige Mensch, den sie je geliebt hat. Und vielleicht war er auch vor ihr weggelaufen.

Es war also nichts Besonderes an dem, was Sara tat – das heißt, falls man nicht erwachsen war, wie ihr Dad, der so was einfach nicht verstehen konnte. Es war kein richtiger Grund vorhanden, weshalb sie hätte weglaufen wollen. Es war nur so die Art, wie ihr im letzten Jahr zumute gewesen war. Vielleicht hing es mit der Musik zusammen. Oder vielleicht war es, weil sie so schnell gewachsen war und einfach nicht wußte, was sie mit sich anfangen sollte.

Es passierte an ihrem dreizehnten Geburtstag, und es war ein Montagmorgen. Vitalis hatte den Frühstückstisch hübsch mit Blumen und einem neuen Tischtuch zurechtgemacht. Sara schien an jenem Morgen nicht anders als sonst zu sein. Doch plötzlich als sie ihre Grütze aß, sah sie ein krauses Haar auf ihrem Teller und fing an zu weinen. Vitalis war in ihren Gefühlen gekränkt, weil sie das Frühstück so hübsch hatte machen wollen. Sara packte ihre Schulbücher und lief zur Tür hinaus. Sie sagte, sie sei auf niemanden und nichts böse, aber sie ginge für immer von zu Hause weg. Er, Andrew, wußte, daß sie bloß so daherredete und nur wegbleiben würde, bis die Schule aus war. Wenn es nicht wegen Vitalis gewesen wäre, hätte es ihr Dad nie erfahren. Sara rannte die Straße entlang, und als sie zu der leeren Baustelle an der Straßenecke kam, warf sie all ihre Schulbücher dort ins hohe Gras. Als er hinging, um sie aufzuheben, fand er überall vom Wind verwehte Papiere, Schulaufgaben und komische Dinge, die sie in ihren Schreibblock gezeichnet hatte.

Vitalis rief Dad an, der schon ins Büro gegangen war, und er kam im Auto nach Hause. Er ängstigte sich furchtbar und war ernst. Er schob die Unterlippe fest zwischen seine Zähne und räusperte sich. Zu dritt stiegen sie ins Auto, um Sara zu suchen. Der Schluß wäre komisch gewesen, wenn man nicht selbst dran beteiligt gewesen wäre. Sie fanden sie nach einer halben Stunde, wie sie auf der Straße zwischen der High School und der Stadt entlangging. Aber als ihr Dad hupte, wollte sie nicht in den Wagen steigen oder sich auch nur nach ihm umsehen. Sie ging einfach weiter und steckte den Kopf in die Luft, und ihr Faltenrock klatschte ihr um die knochigen Knie. Noch nie war ihr Dad so nervös und so wütend gewesen. Er konnte nicht aussteigen und einem Mädchen auf der Straße nachrennen, also mußte er einfach im Wagen langsam hinter ihr herfahren und immerzu hupen. Sie kamen an Kindern vorbei, die in die Schule gingen und die Augen aufrissen und kicherten – es war furchtbar. Er, Andrew, war noch wütender auf Sara als ihr Dad. Wenn sie einen geschlossenen Wagen gehabt hätten, dann hätte er sich zurückgelehnt und sein Gesicht versteckt. Aber es war ein Modell T Ford, und es blieb ihm nichts weiter übrig, als mit den Füßen zu schurren und zu versuchen, so auszusehen, als wäre es ihm egal.

Nach einer Weile gab sie es auf und stieg in den Wagen. Ihr Dad wußte nicht, was er sagen sollte, und alle waren steif und stumm. Sara schämte sich und war traurig. Sie bemühte sich, es zu vertuschen, indem sie vor sich hin summte. Bei der High

School stieg sie still aus. Aber damit war es noch nicht zu Ende.

Im nächsten Monat kam ihr Onkel Jim, der mütterlicherseits mit ihnen verwandt war, auf dem Wege von Detroit nach Florida, wo er die Ferien verbringen wollte, bei ihnen vorbei. Seine Frau, Tante Esther, war mit ihm gekommen. Sie war eine Jüdin und spielte Geige. Beide hatten Sara immer mächtig gern gehabt – und im Weihnachtspaket war das Geschenk für Sara stets besser gewesen als seins oder das für Mick. Sie hatten keine Kinder, und sie hatten etwas an sich, das war anders als bei den meisten verheirateten Leuten. Am ersten Abend blieben sie mit ihrem Dad sehr lange auf, und vielleicht erzählte er ihnen alles von Sara. Ehe sie weiterreisten, fragte ihr Dad jedenfalls Sara, ob sie Lust hätte, ein Jahr in Detroit in die Schule zu gehen und bei ihnen zu wohnen. Sofort sagte sie, daß sie es gern tun würde – sie war nie weiter von Zuhause weggewesen als Atlanta, und sie wollte gern in der Bahn schlafen und in einer fremden Stadt schlafen und im Winter den Schnee erleben.

Es geschah alles so schnell, daß er, Andrew, es gar nicht in den Kopf bekam. Er hatte nie an eine Zeit gedacht, in der einer von ihnen jemals lange fort sein würde. Er wußte, daß ihr Dad fand, Sara sei jetzt in dem Alter, wo sie vielleicht jemanden brauchte, der öfter zuhause war als er. Und das Klima in Detroit würde ihr vielleicht guttun, und viele Verwandte hatten sie nicht. Ehe sie geboren wurden, hatte ihr Onkel Jim ein Jahr lang in ihrem Haus gewohnt – damals, als er noch jung war, und bevor er in den Norden zog. Doch er, Andrew, konnte trotzdem nicht verstehen, daß Dad Sara gehen ließ. Sie ging innerhalb von einer Woche weg, weil das Schulsemester erst vor einem Monat angefangen hatte, und sie wollten nicht viel mehr Zeit verlieren. Es kam so plötzlich, daß es ihm keine Zeit zum Nachdenken ließ. Sie sollte zehn Monate wegbleiben, und das schien beinah solange wie für immer. Er wußte nicht, daß es beinah doppelt solange dauern würde, ehe er sie wiedersehen sollte. Er fühlte sich wie vor den Kopf gestoßen, und als sie sich Lebwohl sagten, war es wie in einem Traum.

In jenem Winter war es einsam im Haus. Mick war zu klein, um an etwas andres als an Essen und Schlafen und an Bilder zu denken, die sie im Kindergarten auf Buntpapier malte.

Wenn er von der Schule nach Hause kam, schienen alle Zimmer still und schlimmer als leer zu sein. Nur in der Küche war es anders, und Vitalis kochte immerfort und sang sich eins, und dort war es warm und voller Leben und guter Gerüche. Wenn er nicht ausging, saß er meistens in der Küche und sah ihr zu, und sie schwatzten zusammen, während sie ihm etwas zu essen machte. Sie kannte die Einsamkeit und war gut zu ihm.

Nachmittags war er meistens mit Chandler West und der übrigen Bande draußen, die jetzt im zweiten Studienjahr in der High School waren. Sie hatten einen Klub und eine Ersatz-Fußball-Mannschaft. Die leere Baustelle an der Ecke ihres Häuserblocks war verkauft worden, und die Käufer ließen ein Haus bauen. Wenn die Zimmerleute und die Maurer am späten Nachmittag weggegangen waren, kletterte die Bande aufs Dach hinauf, oder sie rannten nackend durch die unfertigen Zimmer. Es war seltsam, wie ihm in dem Haus zumute war. Jeden Nachmittag zog er Schuhe und Socken aus, um nicht auszugleiten, und kletterte auf den scharfen, spitzen Dachfirst. Dann stand er oben, streckte balancierend die Hände aus und blickte auf alles hinunter, das unter ihm lag, oder in den blassen Abendhimmel. Unter ihm balgten sich die Jungen und schrien sich an – sie hatten Stimmbruch, und die leeren Räume hallten in langen Echos wider, so daß die Stimmen nicht menschlich schienen, und ohne eine Beziehung zu Wörtern.

Wenn er so allein auf dem Dach stand, hatte er stets das Gefühl, er müsse laut herausschreien – aber er wußte nicht, was er sagen wollte. Ihm schien, wenn er es in Worte fassen könnte, dann wäre er nicht länger ein Junge mit großen, derben, nackten Füßen und Händen, die ihm ungeschickt aus den herausgewachsenen Ärmeln seiner Lumberjacke hingen. Er wollte ein berühmter Mann sein, eine Art Gott, und was er hinausschrie, würde alles, was ihn und andre Leute quälte, klar und einfach machen. Seine Stimme würde großartig und wie Musik klingen, und Männer und Frauen würden aus ihren Häusern kommen und ihm zuhören, und weil sie wußten, daß es stimmte, was er sagte, würden sie alle wie eins sein und alles in der Welt verstehen. Doch einerlei, wie stark dieses Gefühl war, nie konnte er es in Worte fassen. Er balancierte dort, stumm und bereit, loszuplatzen, und wäre seine Stimme nicht so piepsig und im Stimmbruch gewesen, dann hätte er versucht, die

Musik auf einer ihrer Wagner-Platten in die Welt hinauszuschmettern. Er konnte nichts tun. Und wenn die übrige Bande aus dem Haus herauskam und zu ihm aufblickte, dann spürte er eine jähe Panik, als hätte er plötzlich seine Kordsamthose verloren. Um seine Nacktheit zu vertuschen, schrie er etwas Albernes wie *Friends, Romans, Countrymen* oder *Shake-Spear kick him in the rear*, und dann kletterte er hinunter und fühlte sich leer und beschämt und einsamer als je ein Mensch in der ganzen Welt.

Samstagnachmittags arbeitete er in Dads Geschäft. Es war ein langer, schmaler Juwelierladen in der Mitte von einem der Hauptgeschäftsblocks in der Stadt. Längs des ganzen Ladens verlief ein Schaukasten aus blinkendem Glas mit Fächern, die Edelsteine und Silber zeigten. Dads Uhrmachertisch war ganz vornean im Laden und blickte durchs Schaufenster auf die Straße hinaus. Tag für Tag saß er dort über seiner Arbeit – ein großer Mann, fast zwei Meter lang, und mit Händen, die einem anfänglich zu groß für die feine Arbeit schienen. Doch nachdem man seinem Dad eine Zeitlang zugeschaut hatte, änderte man seine Ansicht. Leute, die seine Hände bemerkten, wollten ihnen dauernd zuschauen – sie waren dick und schienen ohne Knochen oder Muskeln zu sein, und die Haut, von Säuren verdunkelt, war so glatt wie alte Seide. Die Hände schienen nicht zum übrigen Körper zu gehören, nicht zu dem gebeugten, breiten Rücken und seinem sehnigen, muskulösen Hals. Wenn er eine schwierige Arbeit vor sich hatte, verriet es sich in seinem Gesicht. Das Auge, in dem die Lupe des Juweliers steckte, blickte rund und gespannt und verzerrt, während das andere zugekniffen und beinah geschlossen war. Das ganze Gesicht wirkte schief, und der Mund stand vor lauter Anstrengung offen. Obwohl er, wenn er nicht beschäftigt war, gern auf die Köpfe und Schultern der Vorübergehenden schaute, sah er sie nie an, wenn er bei der Arbeit war.

Im Geschäft gab ihm sein Dad gewöhnlich allerlei Aufträge, zum Beispiel Silberputzen oder Botengänge machen. Manchmal reinigte er Uhrfedern mit einer in Benzin getränkten Bürste. Gelegentlich, wenn mehrere Kunden im Laden waren und die Verkäuferin alle Hände voll zu tun hatte, stand er verlegen hinter dem Ladentisch und versuchte etwas zu verkaufen. Doch meistens war nicht viel für ihn zu tun, und er stand einfach herum. Es war ihm verhaßt, samstags im Laden zu bleiben, weil er immer so viele andere Dinge im Kopf hatte, die er gern erledigen wollte. Oft war es im Laden sehr lange hintereinander völlig still – nur das wispernde Ticken der Uhren oder das hallende Getön einer schlagenden Uhr war zu hören.

An den Tagen, an denen Harry Minowitz kam, war es anders. Harry übernahm die Extra-Arbeit von zwei oder drei Juwelieren in der Stadt, und Dad ließ ihn als Entgelt für gewisse Arbeiten den Arbeitstisch hinten im Laden benutzen. Es gab nichts, was Harry nicht konnte, selbst wenn es sich um die feinste Uhren-Mechanik handelte, und deswegen (und noch aus andern Gründen) hatte er den Spitznamen ›der Zauberer‹. Sein Dad liebte Juden nicht, weil es im Städtchen einige gab, die aalglatt waren und dem Geschäft andrer Juweliere schadeten. Deshalb war es seltsam, daß er sich so auf Harry verließ.

Harry war klein und blaß und schien immer müde zu sein. Seine Nase ragte groß aus dem spitzen Gesicht, und neben seinen Augen war sie das erste, was einem auffiel. Vielleicht kam es daher, weil er die Gewohnheit hatte, sie, wenn er nachdachte, langsam mit Daumen und Zeigefinger zu reiben, sanft ihren Höcker zu befühlen und die Spitze herunterzudrücken. Wenn er über eine Frage im Zweifel war, pflegte er nicht die Achseln zu zucken oder den Kopf zu schütteln, sondern er drehte die schlanken Hände langsam mit der Handfläche nach oben und saugte seine hohlen Wangen ein. Meistens baumelte ihm eine Zigarette aus dem Mund, und seine dünnen Lippen schienen zu schlaff, sie festzuhalten. Seine dunklen Augen hatten eine eigene Art, sein Gegenüber scharf anzublicken, und dann senkte er plötzlich die Lider, als verstünde er alles und fände es langweilig. Gleichzeitig hatte er etwas Munteres an sich. Seine Kleider waren adrett, und seine Melone trug er schräg auf dem Hinterkopf. Nichts konnte Harry je überraschen, doch auf seine stille Art konnte er stets über alles lachen, sogar über sich selbst. Er war vor zehn Jahren in die Stadt gekommen und lebte allein in einem kleinen Zimmer in einer der vielen überfüllten Straßen unten am Fluß. Obwohl er die Gesichter der halben Stadt bei Namen kannte, hatte er nur wenig Freunde und war ein einsamer Mann.

Wenn Andrew während des Winters, nachdem Sara fortgezogen war, samstags im Laden arbeitete, machte es ihm Spaß, Harry zu beobachten und über ihn nachzudenken. Es kam eine Zeit, da hätte er es gerngesehen, eher von Harry als von sonst irgend jemandem bemerkt und bewundert zu werden. Er hatte nie versucht, seinen Dad nachzuäffen, wie es manche Jungen taten. Aber Harry hatte etwas so Sicheres und Lässiges an sich, das er wunderbar fand. Harry hatte in Städten wie Los Angeles und New York gelebt, und er kannte Sprachen und Menschen, die Männern wie seinem Dad unbekannt waren. Er wollte sich gern mit Harry anfreunden, aber er wußte nicht, wie er das anstellen sollte. Wenn sie zusammen waren, fühlte er sich gedrängt, laut zu sprechen und eine überlegene Miene aufzusetzen und Erwachsene bei ihrem Familiennamen zu nennen, ohne ›Mister‹ davor. Dann wurde er verlegen, stolperte über seine großen Füße und war allen im Wege. Er spürte, daß Harry es alles durchschaute und darüber lachte. Das ärgerte ihn rasend. Es kam vor, daß er mit Minowitz (wenn er nicht so alt gewesen wäre) am liebsten einen Streit angefangen und versucht hätte, ihn zu ohrfeigen. Doch obwohl Harry aussah, als wäre sein Alter nicht zu bestimmen, wußte Andrew doch, daß er um die Dreißig sein mußte – und ein vierzehnjähriger Junge von fast einem Meter achtzig Länge kann sich nicht mit einem kleineren Mann schlagen, der so viel älter ist.

Eines Morgens brachte Harry dann ›die Puppen‹ mit in den Laden. Das war der Name, den jemand dem Satz Schachfiguren gab, an denen Harry seit zehn Jahren gearbeitet hatte. Zuerst war es eine Überraschung für Andrew, daß sogar jemand wie Harry einen Narren an etwas gefressen hatte – Andrew hatte nur gewußt, daß Harry gern Schach spielte und feine Figuren besaß, das war alles. Er erfuhr nun, daß Harry wer weiß wie weit gehen würde, um einen Partner zu finden, der ihm eine gute Partie liefern konnte. Und gleich nach dem Spiel selbst kam bei ihm die Freude daran, die kleinen puppenartigen Figuren zu streicheln und an ihnen zu arbeiten. Sie waren vor Jahren von einem Freund seines Vaters aus Ebenholz und einem hellen Hartholz geschnitzt worden. Einige Figuren hatten hagere kleine Chinesengesichter, und jedes Stück war merkwürdig und schön. Seit Jahren hatte Harry in seiner freien Zeit daran gearbeitet, die Figuren mit getriebenem Gold zu überziehen.

Durch die Schachfiguren wurden sie zu Freunden. Als Harry sah, wie sehr Andrew sich dafür interessierte, begann er ihm von der Arbeit zu erzählen und ihm auch die einzelnen Züge des Spiels zu erklären. Innerhalb von wenigen Wochen hatte Andrew erlernt, als Anfänger ein ordentliches Spiel zustande zu bringen. Und danach spielten Harry und er an den Samstagen oft hinten im Laden. Es kam so weit mit ihm, daß er sogar nachts, wenn er nicht schlafen konnte, ans Schach dachte. Er hätte nie geglaubt, daß er ein Spiel jemals so gern haben würde.

Manchmal lud Harry ihn abends in seine Wohnung ein. Das Zimmer, in dem er wohnte, war sehr kahl und ordentlich. Sie saßen schweigend vor einem kleinen Kartentisch und machten ihre Züge, ohne ein Wort zu sprechen. Während Harry spielte, sah sein Gesicht so bleich und starr wie seine kleinen geschnitzten Figuren aus – nur seine scharfen schwarzen Augenbrauen bewegten sich, und dann und wann seine Finger, wenn er sich die Nase rieb. Die ersten paar Male ging Andrew weg sowie das Spiel beendet war, weil er fürchtete, Harry könne seiner überdrüssig werden, wenn er länger blieb, und ihn bloß für einen langweiligen Jungen halten. Doch ehe er's recht begriff, war alles anders, und sie plauderten manchmal bis spät in die Nacht hinein. Es kam vor, daß ihm fast wie einem Betrunkenen zumute war, wenn er versuchte, alles in Worte zu fassen, was sich seit langem in ihm angehäuft hatte. Dann redete und redete er, bis er außer Atem war und ihm die Wangen brannten – über das, was er tun und worüber er sich klarwerden wollte. Harry hörte ihm mit auf die Seite gelegtem Kopf zu, und wegen der widerspruchslosen Stille kam das, was er sagen wollte, schneller und sogar deutlicher heraus, als er geglaubt hätte.

Harry war immer ruhig, doch die Dinge, die er sagte, verrieten mehr, als er jemals aussprach. Er hatte einen jüngeren Bruder namens Baruch, der sich in New York zum Pianisten ausbildete. Die Art, wie Harry von seinem Bruder sprach, bewies Andrew, daß er ihn mehr als irgendeinen andern Menschen liebte. Andrew versuchte sich Baruch vorzustellen – und in Gedanken war er größer und sicherer als irgendeiner von den Jungens in seiner Bande, und er wußte auch mehr als sie. Oft, wenn er an Baruch dachte, überfielen ihn Trauer und Sehnsucht, weil sie sich nicht kannten. Harry hatte noch andere Brüder – der eine hatte in Cincinnati einen Zigarrenladen, und ein andrer war

Klavierstimmer. Man spürte es, daß Harry mit seiner ganzen Familie eng verbunden war. Aber dieser Baruch war sein Liebling.

Manchmal, wenn Andrew auf dem Heimweg durch die dunklen Straßen eilte, spürte er innerlich eine merkwürdig zitternde Angst. Er wußte nicht, weshalb. Es war, als hätte er einem Fremden, der ihn vielleicht betrügen mochte, alles gegeben, was er hatte. Er wollte, ohne haltzumachen, durch die dunklen Straßen laufen und laufen und laufen. Als es wieder einmal geschah, blieb er an einer Ecke stehen, lehnte sich an einen Laternenpfahl und versuchte sich genau daran zu erinnern, was er gesagt hatte. Eine Panik überfiel ihn, weil ihm schien, daß das, was er auszudrücken versucht hatte, zu unverhüllt war. Er wußte nicht, warum es so war. Die Worte schrillten durch seinen Kopf und verspotteten ihn.

»Verabscheust du dich niemals selber? Ich meine, wie wenn man plötzlich aufwacht und sich sagt, ich bin ich, und sich dem Ersticken nahe fühlt. Es ist, wie wenn alles, was man tut und denkt, unzusammenhängend ist und nicht zusammenpaßt. Es sollte Zeiten geben, in denen man alles wie durch ein Periskop sehen kann. Eine Art von – von riesigem Periskop, das nichts ausläßt und wo alles in der Welt mit allem andern zusammenpaßt. Und einerlei,was hinterher geschieht, es würde dann nie mehr – nie mehr ein schwärender Daumen herausragen und einen aus dem Gleichgewicht bringen. Deshalb liebe ich Schach, weil es in der Richtung liegt. Und Musik – ich meine gute Musik. Der meiste Jazz und die Lieder im Kino sind wie etwas, das ein kleines Kind wie Mick auf einen Block zeichnet – vielleicht eine krumme Linie, die halb verlöscht und unordentlich ist. Aber die andere Musik ist manchmal wie ein großes, schönes Muster, und für einen Augenblick verwandelt sie einen dazu. Aber was das Periskop betrifft – so etwas gibt es ja nicht. Und das ist es vielleicht, was alle haben möchten, und sie wissen es bloß nicht. Sie probieren eins ums andre aus, aber das Verlangen schwindet nie ganz. Nie!«

Und als er zu sprechen aufhörte, war Harrys Gesicht noch immer bleich und starr wie das von einem seiner Schachkönige. Er hatte mit dem Kopf genickt, und das war alles. Andrew haßte ihn. Doch trotzdem wußte er, daß er in der nächsten Woche wieder hingehen würde.

In jenem Jahr streifte er oft durch die Stadt. Er lernte nicht nur alle Straßen in dem Vorort kennen, in dem sie wohnten, und die der großen Häuserblocks im Zentrum und in den Negervierteln – sondern er begann sich auch in jenem Teil der Stadt auszukennen, der South Highlands hieß. Es war der Stadtteil, in dem die wichtigste Industrie der Stadt angesiedelt war: die drei Baumwollfabriken. Eine ganze Meile stromauf gab es nichts als diese Frabrikgebäude und die überfüllten kleinen Straßen mit den Hütten, in denen die Arbeiter wohnten. Dieser riesige Vorort schien beinah ganz abgesondert von der übrigen Stadt, und als Andrew das erstemal dort herumzugehen begann, war ihm fast zumute, als habe er sich hundert Meilen von daheim entfernt. An manchen Nachmittagen konnte er stundenlang in den steilen, schmutzigen Seitenstraßen bergauf und bergab gehen. Er ging einfach, ohne mit jemand zu sprechen, die Hände in den Taschen, und je mehr er sah, um so mehr hatte er das Gefühl, er müsse immer so weitergehen durch diese Straßen, bis sein Geist endlich zur Ruhe käme. Er sah dort Dinge, die ihm auf eine gänzlich neue Art bange machten: neu, weil er nicht um sich selbst bangte, und den Grund dafür konnte er nicht in einen Gedanken fassen. Doch die Furcht blieb, und manchmal schien es, als wollte sie ihn fast ersticken. Immer starrten die Leute, die auf ihrer Vordertreppe saßen oder in einem Torweg standen, ihn an – und die meisten Gesichter waren blaß gelblich und hatten keinen anderen Ausdruck als den, ihn ohne besonderes Interesse zu betrachten. Die Straßen waren stets voller Kinder in Overalls. Einmal sah er, wie ein Junge, der ebenso alt war wie er, auf seine eigene Vordertreppe pißte, obwohl Mädchen dabei waren. Und ein andermal versuchte ein halbwüchsiger Junge ihm ein Bein zu stellen, und sie mußten sich schlagen. Er war nie ein sehr tüchtiger Boxer gewesen, aber in einer Keilerei gebrauchte er immer seine Fäuste und stieß mit dem Kopf zu. Doch dieser Junge war anders. Er kämpfte wie eine Katze und kratzte und biß und fauchte atemlos. Komisch war es nur, daß der Kampf schon beinah zu Ende war, weil er auf dem Boden lag und gewürgt wurde, als der Bursche plötzlich so schlaff wie ein alter Sack wurde und nach einer Minute aufgab. Als sie dann wieder auf den Füßen standen und einander einfach ansahen, machte der Bursche etwas Verrücktes. Er spuckte Andrew an, warf sich auf den Boden und blieb auf dem Rücken liegen. Die Spucke traf seinen Schuh und war so dick, als hätte er sie schon lange aufgesammelt. Doch Andrew blickte auf ihn hinunter, wie er da auf dem Boden lag. Ihm war übel, und er dachte nicht im Traum daran, den andern noch mal zum Kampf aufzufordern. Es war ein kalter Tag, und der Bursche hatte nichts andres an als einen Overall. Seine Brust war nichts als Knochen, und der Bauch stand vor. Andrew war es so übel, als hätte er ein Baby oder ein Mädchen geschlagen oder sonst jemanden, der auf seiner Seite hätte kämpfen sollen. Die heiseren, jammernden Sirenen, die in den Fabriken den Schichtwechsel ankündigten, riefen ihn laut.

Doch selbst danach war etwas in ihm, das ihn zwang, in den Straßen von South Highlands herumzustreifen. Er suchte etwas, aber er wußte nicht, was es war.

Im Negerviertel spürte er nichts von dieser unbestimmten Furcht. Jene Teile der Stadt waren eine Art Zuhause für ihn, besonders eine kleine Straße namens Shermans Quarter, wo Vitalis wohnte. Diese Straße lag am Rande der Stadtgrenze und nur ein paar Blocks von seinem Elternhaus entfernt. Die meisten Farbigen, die dort wohnten, arbeiteten bei der Bahn, oder sie kochten für die Weißen, oder sie nahmen Wäsche an. Hinter Shermans Quarter erstreckten sich meilenweit Felder und Kiefernwälder, zu denen er seine Camping-Ausflüge machte. Als Kind hatte er die Namen von allen Leuten gewußt, die in der Nähe wohnten. Wenn er zelten ging, lieh er sich von einem alten Mann am Ende der Straße einen mageren kleinen Hund, und wenn er manchmal ein Opossum oder einen Fisch mitbrachte, dann kochten sie ihn und verspeisten ihn gemeinsam. Er kannte die Rückseiten jener Häuser so gut wie seinen eigenen Hinterhof: die schwarzen Waschkessel, die Faßreifen, die Weinbeerbüsche, die Aborte und das alte Autochassis ohne Räder, das jahrelang hinter einem der Häuser gelegen hatte. Er kannte die Straße an den Sonntagvormittagen, wenn die Frauen ihren Kindern auf der Vordertreppe in der Sonne die Haare kämmten und flochten und wenn die großen Mädchen in ihren schleppenden bunten Seidenkleidern auf und ab gingen und die Männer zuschauten und leise eine Blues-Melodie pfiffen. Und nach der Abendbrotstunde kannte er es ebenfalls. Dann flackerte aus den Häusern das Licht der Petroleumlampen und warf lange Schatten. Und es roch nach Rauch und Fisch und Mais. Und immer tanzte jemand, immer spielte jemand auf der Harmonika.

Doch zu einer gewissen Zeit war ihm Shermans Quarter fremd, und das war spät am Abend. Wiederholt war er zu dieser Stunde noch durch die Straße gegangen, entweder, wenn er spät von der Jagd zurückkehrte oder wenn er einfach unruhig war. Die Türen waren dann alle wegen des Mondscheins geschlossen, und die Häuser sahen zusammengeschrumpft aus und glichen Hütten, die lange Zeit leergestanden hatten. Und gleichzeitig war eine Stille da, wie sie nicht in einem menschenleeren Ort herrscht: man kann sie nur spüren, wo viele Leute schlafen. Doch während er auf diese völlige Stille lauschte, gewahrte er allmählich einen Laut, und dieser Laut war es, der ihm die Straße am späten Abend so seltsam erscheinen ließ. Der Laut war niemals der gleiche, und er schien immer von einer andern Stelle herzukommen. Einmal war es ein Mädchen, das lachte – leise lachte, immerfort lachte. Und ein andermal war es das tiefe Stöhnen eines Mannes in der Dunkelheit. Der Laut war wie Musik, nur war er formlos. Er mußte stehenbleiben und zuhören und zitterte wie bei einem Lied. Und wenn er nach Hause und zu Bett ging, war der Laut noch immer in ihm drinnen; er warf sich im Dunkeln hin und her, und seine harten braunen Beine scheuerten aneinander, weil er keine Ruhe finden konnte.

Niemals erzählte er Harry Minowitz von diesen Spaziergängen. Er konnte sich nicht vorstellen, daß er überhaupt jemandem von dem Laut erzählen würde, am allerwenigsten Harry, weil es etwas Geheimes war.

Und er erzählte Harry nie von Vitalis.

Wenn er nach der Schule zu Vitalis in die Küche zurückkehrte, waren es immer drei Worte, die er zu ihr sagte. Es war, wie wenn man in der Schule beim Namenverlesen ›Hier!‹ ruft. Er legte nämlich seine Bücher hin, stand einen Augenblick auf der Schwelle und sagte: »Bin so hungrig!« Der kleine Satz veränderte sich nie, und oft merkte er gar nicht, daß er etwas gesagt hatte. Manchmal, wenn er gerade alles Essen in sich hineingestopft hatte, das er essen konnte, und noch auf dem Stuhl vor dem Herd saß, voller Unruhe und doch ohne den Wunsch,

wegzugehen, dann murmelte er diese drei Worte ganz mechanisch. Schon wenn er Vitalis zusah, kamen ihm die Worte in den Sinn.
»Du ißt mehr als jeder andre magere Junge, den ich kenne«, sagte sie dann. »Was'n los mit dir? Ich glaube, du ißt bloß, weil du was tun willst und nicht weißt, was du sonst tun kannst.«
Aber sie hatte immer etwas zu essen für ihn. Vielleicht Fleischbrühe und Maisbrot oder Biskuit und Sirup. Manchmal machte sie sogar extra für ihn Bonbons, oder sie schnitt ein Stückchen von dem Steak ab, das es zum Abendbrot geben sollte.
Vitalis zuzuschauen war beinah ebensogut wie essen, und seine Blicke folgten ihr. Sie war nicht pechschwarz wie manche von den Farbigen, und ihr Haar war immer ordentlich geflochten und mit Öl eingefettet. Jeden Morgen in der Frühe ging Sylvester, ihr Verehrer, mit ihr zusammen zur Arbeit, und sie trug meistens ein rotes Trachtenkleid aus Satin und Ohrringe und grüne Schuhe mit hohen Hacken. Wenn sie dann ins Haus kam, zog sie die Schuhe aus und zappelte ein Weilchen mit den Zehen, ehe sie die Pantoffeln anzog, die sie bei der Arbeit trug. Ihr Satinkleid hängte sie immer auf die Hofveranda und stieg in ein Ginghamkleid, das sie im Haus aufbewahrte. Sie hatte die Gangart der Farbigen, welche Körbe mit Sachen auf dem Kopf tragen. Vitalis war gut, und es gab keine zweite wie sie.
Ihre Gespräche waren warmherzig und unbekümmert. Was Vitalis nicht verstand, das nagte nicht an ihr und regte sie nicht auf. Manchmal plapperte er Dinge vor ihr aus – und zwar so, als spräche er mit sich selbst. Ihre Antworten waren immer nett. Er kam sich bei ihnen immer wie ein keiner Junge vor und mußte lachen. Eines Tages erzählte er ihr ein wenig über Harry.
»Hab ihn gesehen, schon manchesmal, unten im Laden bei deinem Daddy. Er ist 'n schmächtiger kleiner Weißer, nicht wahr? Weißt du, was komisch ist? Fast alle schmächtigen kleinen Leute sind großkotzig. Je kleiner sie sind, für desto größer halten sie sich. Mußt mal aufpassen, wie sie ihren Kopf hochtragen, wenn sie gehen. Große starke Männer – wie Sylvester, und wie du mal sein wirst –, die sind niemals so. Wenn sie so um einen Meter achtzig groß sind, dann sind sie oft weich und schamhaft wie kleine Kinder. Hab mal einen großkotzigen kleinen Zwer-

genmann gekannt, der hieß Hunch. Ich wünschte, du hättest ihn sehen können, wie der an einem Sonntag herumspaziert ist. Hat einen riesengroßen Regenschirm gehabt und ist ganz allein die Straßen entlangstolziert, als wär er der liebe Gott ...«

Dann kam der Morgen, an dem er in die Küche trat, nachdem er eine neue Beethoven-Platte aufgelegt hatte, die ihm geschenkt worden war. Die Musik hatte ihm die halbe Nacht in den Ohren gelegen, und er war früh aufgewacht, um die Platte noch ein Weilchen vor der Schule zu hören. Als er in die Küche kam, wechselte Vitalis ihre Schuhe. »Honey«, sagte sie zu ihm, »du hättest mal vor einer Minute hier sein sollen! Ich bin in die Küche gekommen, und du hast dir gerade in deinem Zimmer was auf deinem Grammophon vorgespielt. Hat getönt wie von 'ner Musikkapelle, wonach man marschieren kann. Da hab ich auf den Fußboden geschaut, und weißt du, was ich da gesehen habe? Lauter kleine Mäuse, 'ne ganze Familie, nicht größer als dein Finger, die saßen da auf den Hinterbeinen und haben getanzt! Das ist die reine Wahrheit! Die Schlingel haben solche Musik wirklich gern!«

Vielleicht war es wegen ähnlicher Worte, daß er immer zu Vitalis ging und sagte: »Bin so hungrig!« Es war nicht nur wegen des aufgewärmten Essens und wegen des Kaffees, den sie ihm gab.

Manchmal sprachen sie über Sara. All die achtzehn Monate, die sie weg war, schrieb sie kaum. Und wenn, dann handelte der Brief nur von Tante Esther und ihren Musikstunden und was sie an jenem Abend als Abendbrot essen würden. Er wußte, daß sie sich verändert hatte. Und er hatte ein Gefühl, als stecke sie in Schwierigkeiten oder als geschehe etwas Wichtiges mit ihr. Aber es wurde allmählich so, daß Sara sich ihm gegenüber sehr unbestimmt äußerte – und das war schrecklich. Doch wenn er sich an ihr Gesicht zu erinnern versuchte, konnte er es nicht deutlich vor sich sehen. Sie erschien ihm manchmal ebenso wie ihre tote Mutter.

Während jener Zeit waren es also Harry Minowitz und Vitalis, die ihm am nächsten standen. Wenn er versuchte, sich die beiden zusammen vorzustellen, mußte er lachen. Es war, als wollte man rot und lila zusammentun, oder eine Bachsche Fuge mit einem traurigen Neger-Gepfeife. So war alles, was er kannte: nichts paßte zusammen.

Sara kam zurück, aber dadurch wurde es nicht viel anders. Sie standen sich nicht mehr so nahe wie früher. Ihr Dad hatte gefunden, es sei an der Zeit, daß sie wieder nach Hause käme, aber sie schien sich nicht zu freuen, wieder bei ihrer eigenen Familie zu sein. Und das ganze folgende Jahr wurde sie oft sehr still und starrte einfach vor sich hin, als hätte sie Heimweh. Sie ging nicht mehr mit der gleichen Schar Mädchen und Jungen aus, und oft warteten sie nicht mal aufeinander, um zusammen in die Schule zu gehen. Sara hatte ihr Klavierspiel in Detroit sehr verbessert, es klang jetzt anders und war sehr gepflegt. Er konnte es ihr anmerken, daß sie ihre Tante Esther sehr geliebt hatte, aber aus irgendeinem Grund sprach sie nicht häufig von ihr.

Das Schlimme war, daß er Sara damals wie durch einen Schleier sah. Alles erschien ihm damals so. Verrückt und auf den Kopf gestellt. Und er war nun bald ein Mann und wußte nicht, was kommen würde. Und immer war er hungrig, und immer hatte er das Gefühl, daß ganz bald etwas geschehen würde. Ein Geschehen, das, wie er glaubte, schrecklich sein und ihn vernichten würde. Aber er wollte diese Vorahnung nicht in Gedanken fassen. Sogar die Zeit – die langen zwei Jahre nach Saras Rückkehr – schien nur seinen Körper und nicht seinen Geist beeinflußt zu haben. Es waren einfach lange Monate, die entweder nichts als Herumtappen oder eine geistlose Leere waren. Und wenn er daran zurückdachte, war wenig da, das er mit Händen greifen konnte.

Er war nun bald ein Mann, und er war siebzehn Jahre alt.

Und da war es, daß geschah, was er erwartet hatte, ohne es in seinem Geist klar zu wissen. Das, was er sich nie ausgemalt hatte und was hinterher aus dem Nichts aufgesprungen zu sein schien – so erschien es wenigstens seinem Geist, doch in einem anderen Teil seines Wesens war dem nicht so.

Es war gegen Ende des Sommers, und in ein paar Wochen gedachte er nach Atlanta zu gehen, um das Technikum zu besuchen. Er wollte nicht aufs Tech, aber es war billig, weil er den Co-op-Kurs nehmen konnte, und sein Dad wollte, daß er dort das Examen als Ingenieur machen sollte. Andere Möglichkeiten schien es nicht zu geben, und irgendwie drängte es ihn, sein Elternhaus zu verlassen, damit er allein und in einem neuen Ort leben könne. An jenem Nachmittag im Spätsommer ging er im

Wald hinter Shermans Quarter spazieren und dachte daran und an hundert andre, unbestimmte Dinge. Als er sich an all die andern Male erinnerte, wo er hier herumgestreift war, wurde er unruhig und fühlte sich einsam.

Es war kurz vor Sonnenuntergang, als er den Wald verließ und durch die Straße zu gehen begann, in der Vitalis wohnte. Obwohl es ein Sonntagnachmittag war, waren die Häuser sehr still, und alle schienen ausgegangen zu sein. Die Luft war drückend, und es roch nach sonngedörrten Kiefernnadeln. An den Rändern der kleinen Straße wuchs niedergetrampeltes Unkraut und ein paar frühe Goldruten. Als er an den Häusern vorbeiging, die Knöchel grau vom Staub, den seine Schritte träge aufwirbelten, und die Augen müde von der Sonne, hörte er plötzlich, wie Vitalis ihm zurief.

»Was machst du denn hier, Andrew?«

Sie saß auf der Vordertreppe und schien in der leeren Straße ganz allein zu sein. »Nichts«, sagte er. »Ich wandre bloß so rum.«

»In unsrer Kirche unten ist ein großes Begräbnis. Der Priester ist's, diesmal. Alle sind hingegangen, außer mir. Ich bin grad eben von eurem Haus hergekommen. Sogar Sylvester ist hingegangen.«

Er wußte nicht, was er sagen sollte, doch bei ihrem bloßen Anblick murmelte er: »Gosh, bin ich hungrig! All das Herumwandern! Und durstig!«

»Ich geb dir was!«

Sie stand langsam auf, und er bemerkte zum erstenmal, daß sie barfuß war und daß ihre grünen Schuhe und die Strümpfe auf der Veranda lagen. Sie bückte sich, um sie aufzuheben. »Ich hab sie ausgezogen, weil jeder weg ist – alle bis auf eine kranke Frau in einem von den letzten Häusern. Die grünen Schuhe hier drücken mir immer so auf die Zehen – und manchmal ist's für die Füße schön, die Erde zu spüren.«

Auf der kleinen Küchentreppe trank er das kühle Wasser und spritzte sich etwas davon in sein glühendes Gesicht. Wieder war ihm so, als höre er den seltsamen Laut, den er spät abends in der Straße gehört hatte. Als er durchs Haus zurückging, wo Vitalis auf ihn gewartet hatte, spürte er, wie sein Körper zitterte. Er wußte nicht, weshalb sie beide einen Augenblick in dem halbdunklen kleinen Zimmer stehenblieben. Es war sehr

still, und die Uhr tickte langsam. Auf dem Kaminsims saß eine pausbäckige Puppe mit einer Schärpe aus Schleierstoff, und die Luft war stickig und dumpf.
»Was fehlt dir, Andrew? Warum zitterst du so? Was kann dir bloß fehlen, Honey?«
Es lag nicht an ihm, und es lag nicht an ihr. Es war das Etwas in ihnen beiden. Es war der seltsame Laut, den er dort spät abends gehört hatte. Es war das halbdunkle Zimmer und die vielen Male, die er allein gewesen war. Das war's, was er dachte, nachdem es geschehen war.
Später ging sie mit ihm aus dem Haus, und sie standen unter einer Kiefer am Waldrand. »Andrew, mußt mich nicht mehr so ansehn«, sagte sie ein paarmal. »Alles ist gut! Mach dir deshalb keine Gedanken!«
Es war so, als blicke er vom Grunde eines Brunnens zu ihr auf, und das war alles, was er denken konnte.
»Es ist kein richtiges Unrecht. Für mich war's nicht das erstemal, und du bist ein erwachsener Mann. Mußt mich nicht mehr so ansehen!«
So etwas war nie in seinen Gedanken gewesen. Doch es hatte gewartet und war heraufgekrochen und hatte seine andern Gedanken erstickt. Und das war nicht das einzige, das ihn so reinlegen würde. Immer wieder würde es so sein.
»Wir haben's nicht gewollt. Sylvester wird's nie erfahren – und dein Daddy auch nicht. Wir hatten's nicht beabsichtigt. Wir haben keine richtige Sünde begangen.«
Er hatte sich vorgestellt, wie es sein würde, wenn er zwanzig war. Und sie hatte ein blasses Gesicht, wie eine Blüte, und das war alles, was er von ihr wußte.
»Der Mensch kann mit nichts rechnen.«
Er verließ sie. Harrys Schachfiguren, diese exakten und eingeschrumpften kleinen Puppen, saubere Geometrieaufgaben, Musik, die sich ungeheuer und symmetrisch ausspann. Er war verlassen, verlassen, und es schien ihm, daß es ganz gewiß das Ende war. Er wollte seine Hand auf alles legen, was ihm in seinem Leben je widerfahren war, um es an sich zu reißen und zu einem Ganzen zu formen. Er war verlassen, verlassen. Er war allein und nackend. Und zusammen mit den Schachfiguren und der Musik erinnerte er sich plötzlich an eine Luftaufnahme von New York, die er einmal gesehen hatte – mit spitzigen

Wolkenkratzern und ordentlich unterteilten Häuserblocks. Er wollte weit weggehen, Atlanta war ihm zu nah bei seiner Heimat. Er erinnerte sich an diesen Plan von New York, erstarrt und zierlich nah sah alles aus, und er wußte, daß er dort hingehen würde. Das war alles, was er wußte.

Im Lunchraum der Stadt, wo Andrew Leander den Bus verlassen hatte, trank er sein letztes Glas Bier aus. Hier wurde jetzt geschlossen, und der nächste Bus nach Georgia würde nicht vor dem Morgen fahren. Er konnte nicht aufhören, an Vitalis und Sara und Harry und Dad zu denken. Und andere gingen ihm auch noch durch den Kopf. Er merkte plötzlich, daß er kaum an Chandler gedacht hatte. Chandler West, der gegenüber von ihnen in der gleichen Straße wohnte – mit dem er sooft zusammengewesen und der ihm doch so rätselhaft war. Und das Mädchen in der High School, das die roten Fingernägel hatte. Und der kleine Lump von einem Jungen, der Peeper hieß und mit dem er in South Highlands gesprochen hatte.

Er stand auf und nahm sein Gepäck. Er war der letzte im Lunchraum, und der Kellner wartete, um schließen zu können. Einen Augenblick stand er zögernd in der Tür, die sich zur dunklen, stillen Straße hin auftat.

Als er sich anfangs an den Tisch gesetzt hatte, war ihm alles zum erstenmal so klar erschienen. Und jetzt fühlte er sich verlassener denn je. Aber irgendwie war es nicht so wichtig. Er fühlte sich stark. In dem dunklen, schläfrigen Raum war er ein Fremder – doch er kehrte heim, nach drei Jahren heim. Nicht bloß nach Georgia, sondern in ein Zuhause, das näher war. Er war betrunken, und es steckte Kraft in ihm, die Dinge zu gestalten. Er dachte an alle daheim, die er geliebt hatte. Nicht durch sich allein, sondern durch sie alle würde er das Muster dazu finden. Er spürte, wie betrunken er war, wie heimwehkrank. Er wollte hinausgehen und seine Stimme erheben und in der Nacht nach allem suchen, was er begehrte. Er war betrunken, betrunken. Er war Andrew Leander.

»Hör mal«, sagte er zu dem Burschen, der darauf wartete, die Tür zuschließen zu können. »Kannst du mir ein Haus hierherum nennen, wo ich für die Nacht ein Zimmer bekommen kann?«

Der Bursche gab ihm ein paar Anweisungen, und an der Oberfläche seines Denkens merkte er sie sich. Die Straße war dunkel und schweigsam, und er stand noch einen Augenblick länger in der offnen Tür. »Hör mal«, sagte er wieder. »Als ich aus dem Bus stieg, war ich halb betrunken. Kannst du mir sagen, wie der Ort hier heißt?«

Brieffreundschaft

113, Whitehall Street
Darien, Connecticut, USA
3. 11. 1941

An
Manoel García,
Calle Sao José 120
Rio de Janeiro
Brasilien
Südamerika

Lieber Manoel,
wenn Du den amerikanischen Absender auf dem Brief hier siehst, weißt Du sicher gleich, was los ist. Dein Name war bei uns in der Höheren Schule am Schwarzen Brett angeschlagen – auf der Liste von südamerikanischen Studenten, mit denen wir korrespondieren können. Und ich habe mir Deinen Namen ausgesucht.
Vielleicht sollte ich Dir zuerst was von mir erzählen? Ich bin ein Mädchen, vierzehn Jahre alt, und das erste Jahr in der Höheren Schule. Es ist gar nicht so einfach, Dir zu beschreiben, wie ich aussehe. Ich bin groß, und meine Figur ist nicht besonders gut, weil ich zu schnell gewachsen bin. Ich habe blaue Augen, und ich weiß nicht recht, wie ich die Farbe meiner Haare bezeichnen soll – am besten noch hellbraun. Ich spiele gern Baseball und mache wissenschaftliche Experimente (wie mit einem Chemie-Kasten zum Beispiel), und ich lese alle möglichen Bücher.
Mein ganzes Leben lang wollte ich immer gern reisen, aber bis jetzt bin ich nicht weiter von zuhause weg gewesen als bis Portsmouth in New Hampshire. In der letzten Zeit habe ich viel über Südamerika nachgedacht. Seit ich mir Deinen Namen auf der Liste ausgesucht hatte, habe ich auch über Dich viel nachgedacht und mir ausgemalt, wie Du bist. Ich habe Fotos vom Hafen in Rio de Janeiro gesehen, und in Gedanken sehe ich Dich in der Sonne am Strand entlanggehen. Ich stelle mir vor, daß Du blanke schwarze Augen und braune Haut und

krauses schwarzes Haar hast. Ich war schon immer sehr scharf auf Südamerikaner, habe aber nie einen kennengelernt, und ich möchte so gern ganz Südamerika bereisen, vor allem möchte ich nach Rio de Janeiro.

Da wir jetzt Freunde sind und uns Briefe schreiben, sollten wir gleich von Anfang an auch ernste Sachen von einander wissen. Ich habe in der letzten Zeit sehr viel über das Leben nachgedacht. Ich habe über sehr viele Dinge nachgegrübelt, zum Beispiel, warum wir auf der Welt sind. Dabei bin ich zu dem Ergebnis gekommen, daß ich nicht an Gott glaube. Aber eine Atheistin bin ich auch wieder nicht. Ich finde, alles hat seinen bestimmten Sinn, und das Leben ist nicht zwecklos. Wenn man stirbt, dann passiert was mit der Seele, glaube ich.

Ich bin noch nicht ganz sicher, was ich eigentlich werden will, und das macht mir Sorge. Manchmal denke ich, ich möchte gern die Arktis erforschen, und ein andermal denke ich mir aus, wie es wäre, wenn ich als Reporterin für eine Zeitung arbeite und mich auf den Schriftstellerberuf vorbereite. Jahrelang habe ich mir gewünscht, Schauspielerin zu werden, vor allem eine Tragödin, die so traurige Rollen wie Greta Garbo übernimmt. In diesem Sommer habe ich die *Kameliendame* aufgeführt, ich habe selbst die Kameliendame gespielt, aber es war ein schrecklicher Reinfall. Die Aufführung fand in unsrer Garage statt, und ich kann dir gar nicht beschreiben, was für ein gräßlicher Reinfall es war. Deshalb denke ich jetzt eher an Zeitungsreportage, vor allem als Auslandskorrespondentin.

Ich komme mir gar nicht so wie die andern Mädchen in der Höheren Schule vor. Ich finde, daß ich anders bin als sie. Wenn mal eine übers Wochenende bei mir bleibt, dann wollen sie weiter nichts, als im Drugstore an der Ecke Bekannte treffen und dergleichen, und wenn wir abends im Bett liegen und ich mich über ernste Probleme unterhalten will, dann schlafen sie meistens ein. Und aus fernen Ländern machen sie sich auch nicht viel. Es ist nicht etwa so, daß ich unbeliebt bin, sondern ich bin einfach nicht so scharf auf meine Mitschülerinnen, und sie nicht auf mich.

Ich habe lange über Dich nachgedacht, Manoel, bevor ich den Brief an Dich anfing. Und ich habe wirklich ein ganz starkes Gefühl, daß wir gut zusammen passen. Hast Du Hunde gern? Ich habe einen Airedale; er heißt Thomas und hört nur auf mich.

Mir ist so, als ob ich Dich schon lange kenne und als könnten wir alles mögliche zusammen besprechen. Mein Spanisch ist natürlich nicht so gut, weil ich noch im ersten Semester bin. Aber ich habe mir vorgenommen, fleißig zu lernen, damit wir verstehen, was wir uns gegenseitig erzählen wollen, wenn wir uns treffen.

Ich habe über furchtbar vieles nachgedacht. Möchtest Du im nächsten Sommer zu uns kommen und die Sommerferien mit mir verbringen? Ich finde, das wäre blendend! Ich habe auch noch andere Pläne im Sinn. Vielleicht könntest Du nächstes Jahr, wenn Du mich besuchen kommst, bei uns zu Hause bleiben und hier auf die Höhere Schule gehen, und ich könnte im Austausch in Deinem Elternhaus leben und in eine südamerikanische Höhere Schule gehen. Was hältst Du davon? Ich habe noch nicht mit meinen Eltern darüber gesprochen, weil ich abwarten wollte, wie Du darüber denkst. Ich freue mich unbändig darauf, von Dir zu hören und festzustellen, ob ich recht hatte, daß wir vieles über das Leben und so weiter gemeinsam haben. Du sollst mir alles schreiben, was Du willst, da ich ja schon gleich zu Anfang geschrieben habe, daß mir so ist, als kenne ich Dich sehr gut. *Adiós* also und alles erdenklich Gute!

Deine Dich liebende Freundin
HENKY EVANS

P. S. Eigentlich heiße ich Henrietta, aber meine Familie und die Leute hier in der Nachbarschaft nennen mich Henky, weil Henrietta ein bißchen affig klingt. Ich schicke meinen Brief mit Luftpost, damit Du ihn schneller bekommst. Nochmals *Adiós*!

113, Whitehall Street
Darien, Connecticut, USA
25. 11. 1941

An Manoel García,
Calle Sao José 120,
Rio de Janeiro
Brasilien
Südamerika

Lieber Manoel,
jetzt sind schon drei Wochen verstrichen, und ich hatte gedacht, daß ich inzwischen einen Brief von Dir haben würde. Aber es ist durchaus möglich, daß die Post viel länger braucht, als ich angenommen hatte, besonders wegen des Krieges. Ich lese sämtliche Zeitungen, und die allgemeine Weltlage bedrückt mich sehr. Ich hatte gedacht, ich wollte Dir erst wieder schreiben, wenn ich von Dir gehört hätte, aber heutzutage dauert es, wie gesagt, sicher sehr lange, bis die Post ins Ausland kommt.
Heute bin ich nicht in der Schule. Als ich gestern früh aufwachte, war ich ganz voller Pusteln und aufgedunsen und rot, und es sah aus, als hätte ich mal mindestens die Schwarzen Pocken. Aber als der Doktor kam, sagte er, es wären bloß Windpocken. Ich muß Medizin einnehmen und liege jetzt im Bett und bin krank. Dabei wiederhole ich mein Latein, weil ich elend nah dran bin, es zu verpatzen. Ich will meinem Schöpfer danken, wenn die Windpocken erst mal weg sind.
Etwas habe ich doch noch in meinem vorigen Brief vergessen: ich finde, wir sollten uns gegenseitig unsre Fotos schicken. Wenn Du ein Bild von Dir hast, bitte schick's mir, denn ich möchte zu gern wissen, ob Du wirklich so aussiehst, wie ich's mir vorgestellt habe. Ich lege ein Foto von mir bei. Der Hund, der in der Ecke sitzt und sich kratzt, ist mein Hund Thomas, und das Haus weiter hinten ist unser Haus. Die Sonne schien mir prall ins Gesicht, deshalb kneife ich die Augen zu.
Neulich habe ich ein sehr interessantes Buch über Seelenwanderung gelesen. Das bedeutet (falls Du es nicht zufällig auch gelesen hast?), daß man viele Leben lebt und in einem Jahrhundert jemand ist und in einem späteren Jahrhundert jemand anders. Es ist sehr interessant. Je mehr ich darüber nachdenke, desto mehr glaube ich, daß es stimmt. Wie stellst Du Dich dazu?

Noch was: ich habe nie recht begreifen können, wieso es unterhalb vom Äquator Sommer ist, wenn wir hier oben Winter haben. Natürlich weiß ich, warum es so ist, aber gleichzeitig kommt es mir mächtig seltsam vor. Du bist natürlich dran gewöhnt. Ich muß mir jetzt dauernd klarmachen, daß dort, wo Du bist, Frühling ist, obwohl wir November haben. Wenn hier alles kahl ist und der Heizkessel bullert, fängt in Rio de Janeiro der Frühling an.
Jeden Nachmittag warte ich auf den Briefträger. Ich habe ein komisches Gefühl, vielmehr eine gewisse Vorahnung, daß ich heute mit der Nachmittagspost oder spätestens morgen von Dir hören werde. Selbst mit Luftpost scheint die Post viel länger zu brauchen, als ich's mir vorgestellt hatte.

Herzlichst Deine
HENKY EVANS

113, Whitehall Street
Darien, Connecticut USA
29. 12. 1941

An Manoel García
Calle Sao José 120,
Rio de Janeiro
Brasilien
Südamerika

Lieber Manoel García,
ich kann wirklich nicht verstehen, weshalb ich nichts von Ihnen höre. Haben Sie meine zwei Briefe nicht erhalten? Viele meiner Klassenkameradinnen haben schon vor langer Zeit Briefe aus Südamerika bekommen.
Vor kurzem ist es mir eingefallen, daß Sie da unten vielleicht niemanden finden konnten, der Englisch kann und Ihnen übersetzt, was ich geschrieben habe. Und doch scheint es mir, daß Sie jemand hätten finden können, und überhaupt hieß es, daß die Südamerikaner, die auf der Liste standen, Englisch studieren.
Vielleicht sind beide Briefe verlorengegangen. Ich weiß wohl, daß Briefe verlorengehen können, vor allem wegen des Kriegs. Aber selbst wenn ein Brief verlorenging, hätte doch der andre

ankommen müssen, finde ich. Ich kann's einfach nicht verstehen.
Aber vielleicht gibt's ja auch Gründe, die mir unbekannt sind. Vielleicht liegen Sie schwer krank im Hospital, oder vielleicht ist Ihre Familie seither umgezogen, und Sie haben eine andre Adresse? Vielleicht höre ich sehr bald von Ihnen, und alles kommt in Ordnung. Wenn es etwas Derartiges gewesen ist, dann denken Sie bitte nicht, daß ich Ihnen böse bin, weil ich nicht eher von Ihnen gehört habe. Ich bin noch immer aufrichtig dafür, daß wir Freunde werden, und fahre mit unserem Briefwechsel fort, weil ich schon immer so scharf auf fremde Länder und auf Südamerika gewesen bin und weil ich von Anfang an gedacht habe, ich kenne Sie.
Mir geht es gut, Ihnen hoffentlich auch? Bei einem Wohltätigkeitsfest, das hier veranstaltet wurde, um Geld für die Armen zu Weihnachten aufzutreiben, habe ich eine Schachtel mit fünf Pfund Kirschpralinen gewonnen.
Sowie Sie den Brief erhalten haben, antworten Sie bitte und erklären Sie mir, was schiefgegangen ist, damit ich verstehen kann, was los ist.

Hiermit verbleibe ich
hochachtungsvoll
Ihre HENRIETTA EVANS

113, Whitehall Street,
Darien, Connecticut, USA
20. 1. 1942

An Mr. Manoel García
Calle Sao José 120
Rio de Janeiro
Brasilien
Südamerika

Sehr geehrter Mr. García,
ich habe Ihnen in gutem Glauben drei Briefe geschickt und erwartet, daß auch Sie Ihrer Verpflichtung nachkommen und die Idee der Briefbekanntschaft zwischen amerikanischen und südamerikanischen Studenten unterstützen würden, wie vorgesehen. Fast jede meiner Mitschülerinnen hat Briefe erhalten, eini-

ge sogar Freundschaftsgeschenke, obwohl sie längst nicht so scharf auf fremde Länder sind wie ich. Jeden Tag hatte ich von Ihnen zu hören gehofft und habe nicht an Ihrer ehrlichen Absicht gezweifelt. Doch jetzt sehe ich ein, wie sehr ich mich getäuscht habe.
Nur noch eins möchte ich wissen: weshalb wollten Sie, daß man Ihren Namen auf die Liste setzt, wenn Sie nicht die Absicht hatten, Ihrerseits der Abmachung nachzukommen? Ich möchte hierzu nichts weiter bemerken, als daß ich bestimmt einen anderen Südamerikaner gewählt hätte, wenn ich damals gewußt hätte, was ich jetzt weiß.

Mit vorzgl. Hochachtung,
MISS HENRIETTA EVANS

P.S. Ich kann meine wertvolle Zeit nicht länger damit vergeuden, Ihnen Briefe zu schreiben.

Ein Baum, ein Felsen, eine Wolke

Es regnete an jenem Morgen, und es war noch sehr dunkel. Als der Junge beim Tram-Café ankam, hatte er seine Tour fast beendet, und er ging hinein, um eine Tasse Kaffee zu trinken. Es war ein die ganze Nacht hindurch geöffnetes Café, das einem verbitterten und geizigen alten Mann namens Leo gehörte. Nach der naßkalten, leeren Straße erschien das Café freundlich und hell. An der Bar waren einige Soldaten und drei Arbeiter von der Baumwollspinnerei, und an der Ecke saß vornübergebeugt ein Mann und ließ die Nase und das halbe Gesicht in sein Bierseidel hängen. Der Junge trug einen Sturzhelm, wie ihn Flugpiloten tragen. Als er das Café betrat, schnallte er den Kinnriemen ab und schlug die rechte Klappe über seinem kleinen rosa Ohr in die Höhe. Meistens, wenn er hier seinen Kaffee trank, redete der eine oder andere nett mit ihm. Aber heute früh blickte ihn Leo nicht an, und von den Männern sprach keiner. Er zahlte und wollte schon das Café verlassen, als ihm eine Stimme nachrief: »Son! Heda, Son!«

Er wandte sich um, und der Mann an der Ecke hatte den Zeigefinger gekrümmt und nickte ihm zu. Er hatte das Gesicht aus dem Bierseidel gehoben und sah plötzlich sehr glücklich aus. Der Mann war groß und bleich und hatte eine lange Nase und ausgeblichenes apfelsinenfarbenes Haar.

»Heda, Son!«

Der Junge ging zu ihm. Er war etwa zwölf Jahre alt, aber im Wachstum zurückgeblieben, und wegen der Last seiner Zeitungstasche war die eine Schulter hinaufgezogen. Sein Gesicht war platt und von Sommersprossen übersät; seine Augen waren runde Kinderaugen.

»Ja, Mister?«

Der Mann legte die eine Hand auf die Schulter des Zeitungsjungen, faßte ihm dann unters Kinn und drehte sein Gesicht langsam von einer Seite auf die andre. Der Junge zuckte verlegen zurück: »Heh! Was woll'n Sie denn von mir?«

Die Stimme des Jungen war schrill; es wurde auf einmal ganz still im Café.

Der Mann sagte langsam: »Ich liebe dich!«

Alle Männer an der Bar lachten los. Der Junge, der ihm mit finsterem Gesicht ausgewichen war, wußte nicht, was er tun sollte. Er blickte über die Bartheke hinweg zu Leo, und Leo beobachtete ihn mit einem verdrossenen, brüchigen Grinsen. Der Junge versuchte, auch zu lachen. Aber der Mann sah ernst und traurig aus.

»Ich wollte dich nicht foppen, Son«, sagte er. »Setz dich und trink ein Bier mit mir. Ich muß dir was erklären!«

Vorsichtig und mit einem Seitenblick versuchte der Junge, die Männer an der Bar zu mustern, um herauszufinden, was er tun solle. Aber sie hatten sich wieder ihrem Bier oder ihrem Frühstück zugewandt und kümmerten sich nicht um ihn. Leo stellte eine Tasse Kaffee und ein Kännchen Sahne auf die Bartheke.

»Er ist minderjährig«, sagte er.

Der Zeitungsjunge zog sich auf den Barschemel. Sein Ohr unter der hochgestellten Ohrenklappe war sehr klein und rot. Der Mann nickte ihm ernst zu. »Es ist etwas Wichtiges«, sagte er. Dann faßte er in die hintere Hosentasche und zog etwas heraus; er hielt es dem Jungen zum Betrachten hin.

»Schau es dir genau an!« sagte er.

Der Junge blickte hin, konnte aber nichts entdecken, was man genau anschauen müßte. Der Mann hielt eine Fotografie in seiner großen, schmuddligen Handfläche. Es war das Gesicht einer Frau, aber verschwommen, so daß nur ihr Hut und das Kleid, das sie trug, scharf hervortraten.

»Siehst du's?« fragte der Mann.

Der Junge nickte, und der Mann steckte sich eine andere Fotografie in die Handfläche. Hier stand die Frau in einem Badeanzug am Strand. Durch den Badeanzug zeichnete sich der Bauch sehr ab, und das war das einzige, was einem auffiel.

»Hast du's genau angeschaut?«

Er beugte sich vor und fragte schließlich: »Hast du sie schon mal gesehen?«

Der Junge saß still und rührte sich nicht, sondern blickte nur schräg aus den Augenwinkeln auf den Mann: »Ich glaube nicht.«

»Aha!« Der Mann blies auf die Fotos und steckte sie wieder in die Tasche. »Das war meine Frau.«

»Ist sie tot?« fragte der Junge.

Der Mann schüttelte langsam den Kopf. Er spitzte den Mund,

als ob er pfeifen wollte, und antwortete mit einem langgedehnten: »Naaaain! Ich werd's dir erklären.«
Das Bier in dem großen braunen Seidel stand vor dem Mann auf der Bartheke. Er hob es nicht auf, als er trinken wollte. Statt dessen beugte er sich herunter, legte das Gesicht auf den Rand und ließ es dort, wie um auszuruhen. Dann kippte er das Seidel mit beiden Händen ein wenig vor und schlürfte.
»Eines schönen Abends wirst du mit deiner großen Nase im Seidel einschlafen und versaufen«, sagte Leo. »Berühmter Durchreisender ertrinkt im Bier. Das wäre ein flotter Tod!«
Der Zeitungsjunge versuchte, Leo ein Zeichen zu machen. Während der Mann nicht hinsah, verzog er das Gesicht, bewegte stumm die Lippen und fragte: »Besoffen?« Aber Leo zog nur die Augenbrauen in die Höhe, drehte sich um und legte ein paar rosa Speckstreifen auf den Grill. Der Mann schob das Seidel weg, richtete sich auf und faltete seine schlaffen, verkrümmten Hände auf der Bartheke. Sein Gesicht war traurig, als er den Zeitungsjungen ansah. Die Lider zwinkerten nicht, aber von Zeit zu Zeit schlossen sie sich zart und schwer über den blaßgrünen Augen.
Draußen graute der Morgen, und der Junge verschob das Gewicht seiner Zeitungstasche.
»Ich will von der Liebe sprechen«, sagte der Mann. »Bei mir ist sie ein System.«
Der Junge rutschte halb vom Barschemel herunter. Aber der Mann hob den Zeigefinger, und er hatte etwas an sich, das den Jungen festhielt, so daß er nicht fortgehen konnte.
»Vor zwölf Jahren habe ich mich mit der Frau auf der Fotografie verheiratet. Ein Jahr, neun Monate, drei Tage und zwei Nächte war sie meine Frau. Ich habe sie geliebt. Ja ...«
Er straffte seine undeutliche, schwankende Stimme und wiederholte: »Ich habe sie geliebt. Und ich glaubte, daß sie mich auch liebte. Sie hatte ein behagliches, schönes Heim. Nie kam mir der Gedanke, sie könne nicht zufrieden sein. Aber weißt du, was dann geschah?«
»Miiiiau!« machte Leo.
Der Mann wandte die Augen nicht vom Gesicht des Jungen ab. »Sie hat mich verlassen. Eines Abends kam ich heim, und das Haus war leer, und sie war fort. Sie hat mich verlassen.«
»Mit einem andern?« fragte der Junge.

Der Mann legte seine Handfläche sachte auf die Bartheke. »Das ist wohl selbstverständlich, Son! Frauen laufen nie alleine fort.«
Das Café war still, und draußen auf der Straße fiel dunkel und unaufhörlich der sanfte Regen. Leo drückte den brutzelnden Speck mit den Zinken seiner langen Gabel herunter: »Und seit elf Jahren jagen Sie also dem Weibsbild nach, Sie abgeklapperter alter Knabe!«
Der Mann blickte zum erstenmal auf Leo: »Bitte nicht so ordinär! Außerdem habe ich gar nicht mit Ihnen gesprochen.« Er wandte sich wieder an den Jungen und sagte vertraulich und mit heimlicher, gedämpfter Stimme: »Um den kümmern wir uns gar nicht! Einverstanden?«
Der Zeitungsjunge nickte unsicher.
»Es war nämlich so«, fuhr der Mann fort. »Ich bin ein sehr gefühlvoller Mensch. Mein Leben lang hat immer irgend etwas großen Eindruck auf mich gemacht: Mondschein – ein schönes Mädchenbein – immer eins nach dem andern. Aber der Witz ist nun der: wenn ich irgend etwas genossen hatte, dann überkam mich ein merkwürdiges Gefühl, als ob es lose in mir herumliege. Nichts schien sich bis zu Ende abzurollen, nichts schien zu den andern Dingen zu passen. Frauen? Von denen hatte ich mein Teil. Es war das gleiche. Hinterher lagen sie lose in mir herum. Ich war ein Mensch, der nie geliebt hatte.«
Sehr langsam schloß er die Augenlider, und es war, wie wenn sich im Theater am Schluß eines Auftritts der Vorhang senkt. Als er wieder sprach, war seine Stimme erregt, und die Worte überstürzten sich, und an seinen großen, schlaffen Ohren zitterten die Ohrläppchen.
»Dann begegnete ich jener Frau. Ich war einundfünfzig, und sie war dreißig, wie sie sagte. Ich traf sie an einer Tankstelle, und nach drei Tagen waren wir verheiratet. Und weißt du, wie das war? Ich kann's dir gar nicht beschreiben. Alles, was ich je empfunden hatte, sammelte sich um jene Frau. Nichts lag mehr lose in mir herum: durch sie kam alles in Ordnung.«
Der Mann brach plötzlich ab und rieb sich die lange Nase. Seine Stimme klang leiser und gleichmäßig vorwurfsvoll. »Ich erkläre es nicht ganz richtig. Es war vielmehr so. Die schönen Gefühle und die kleinen Freuden lagen lose in mir herum. Und die Frau war für meine Seele so etwas wie ein laufendes Band.

Ich ließ die losen Teilchen meines Selbst durch sie hindurchlaufen, und heraus kam ich als Ganzes. Verstehst du mich jetzt?«

»Wie hieß sie?« fragte der Junge.

»Oh«, sagte er, »ich nannte sie Dodo. Aber das gehört nicht hierher.«

»Haben Sie versucht, sie zurückzuholen?«

Der Mann schien nicht hinzuhören. »Unter solchen Umständen kannst du dir wohl vorstellen, wie mir zumute war, als sie mich verließ.«

Leo nahm den Speck vom Grill und legte zwei Streifen zwischen ein Brötchen. Er hatte ein graues Gesicht mit Schlitzaugen und einer mickrigen Nase, in deren Buchten bläuliche Schatten saßen. Einer von den Arbeitern verlangte nochmals Kaffee, und Leo schenkte ihm ein. Er goß nie umsonst nach. Die Spinnereiarbeiter nahmen jeden Morgen ihr Frühstück bei ihm ein, aber je besser Leo seine Kunden kannte, um so geiziger behandelte er sie. An seinem eigenen Brötchen knabberte er auch herum, als ob er sich's nicht einmal selber gönnte.

»Und Sie haben sie nie wieder erwischt?«

Der Junge wußte nicht, was er von dem Mann halten sollte, und in seinem Kindergesicht stritten sich Neugier und Zweifel. Er war noch ein Neuling auf seiner Zeitungsrunde, und er fand es immer noch seltsam, in der merkwürdigen, dunklen Morgenfrühe unterwegs zu sein.

»Nein«, sagte der Mann. »Ich unternahm allerhand Schritte, um sie wiederzubekommen. Ich reiste umher und versuchte, sie aufzustöbern. Ich fuhr nach Tulsa, wo sie Verwandte hatte. Und nach Mobile. Ich reiste in jede Stadt, die sie je erwähnt hatte, und ich spürte jedem Mann nach, mit dem sie früher bekannt war. Tulsa. Atlanta, Chikago, Cheehaw, Memphis ... Fast zwei Jahre lang jagte ich im Land umher und versuchte, sie zu erwischen.«

»Aber das Pärchen war vom Erdboden verschwunden«, sagte Leo.

»Höre nicht auf ihn«, sagte der Mann vertraulich. »Und denk auch nicht mehr an die zwei Jahre. Sie waren nicht wichtig. Wichtig ist, daß mir im dritten Jahr etwas Sonderbares widerfuhr.«

»Was denn?« fragte der Junge.

Der Mann beugte sich vor und kippte das Seidel etwas schräg, um einen Schluck Bier zu schlürfen. Aber seine Nasenflügel zitterten leise, als er an dem schalen Bier roch, und er trank nicht. »Jedenfalls ist die Liebe etwas sehr Sonderbares. Zuerst dachte ich nur daran, sie wiederzubekommen. Es war wie eine Zwangsvorstellung. Und dann versuchte ich allmählich, mich an sie zu erinnern. Aber kannst du dir vorstellen, was mir passierte?«

»Nein«, antwortete der Junge.

»Wenn ich mich aufs Bett legte und versuchte, an sie zu denken, dann war mein Kopf plötzlich vollkommen leer. Ich konnte sie nicht sehen. Ich holte ihre Bilder hervor und betrachtete sie. Es nützte nichts. Es war ganz vergebens. Völlige Leere. Kannst du dir so was vorstellen?«

»Heda, Mac!« rief Leo einem Manne weiter unten an der Bar zu. »Kannst du dir so was vorstellen? Der Dummbart hat nichts im Kopf!«

Langsam, als verscheuche er eine Fliege, fuhr die Hand des Mannes durch die Luft. Seine grünen Augen hefteten sich gespannt auf das flache kleine Gesicht des Zeitungsjungen.

»Doch plötzlich bei einer Glasscherbe auf dem Bürgersteig – oder bei einem Schlager aus einem Musikautomaten – oder bei einem Schatten des Nachts auf der Mauer: da konnte ich mich an sie erinnern. Vielleicht geschah's auf der Straße; dann weinte ich oder schlug mit dem Kopf gegen einen Laternenpfahl. Verstehst du das?«

»Bei einem Stück Glas . . .?« fragte der Junge.

»Bei allem möglichen. Ich schlenderte umher, und es stand nicht in meiner Macht, wann und wie ich mich an sie erinnerte. Du meinst sicher, man könnte sich mit einer Art Schild dagegen schützen. Aber die Erinnerung kommt nie von vorne auf einen zu – sie kommt seitlich um die Ecke. Allem, was ich sah und hörte, war ich gewissermaßen ausgeliefert. Anstatt daß ich die Gegend nach ihr abjagte, begann *sie* mich plötzlich in meiner Seele herumzujagen. *Sie* jagte *mich*, denk bloß an! Und in meiner Seele.«

Schließlich fragte der Junge: »In welchem Staat waren Sie damals?«

»Ach«, ächzte der Mann, »ich war richtig krank. Als hätt ich die Windpocken. Ich muß gestehen, Son, daß ich zu saufen anfing. Und herumhurte. Ich beging jede Sünde, die mir in den

Sinn kam. Es widert mich an, das zu gestehen, aber ich tu's trotzdem. Wenn ich mich an jene Zeit erinnere, stockt mir das Denken – es war so furchtbar!«

Der Mann beugte den Kopf vornüber und schlug mit der Stirn auf die Bartheke. Ein paar Sekunden lang blieb er so: der Nacken seines sehnigen Halses war mit apfelsinenfarbenen Stoppeln bedeckt, und die Hände mit den langen, verkrümmten Fingern hielt er Handfläche gegen Handfläche, wie im Gebet. Dann richtete der Mann sich wieder auf; er lächelte, und plötzlich war sein Gesicht hell und erregt und alt.

»Im fünften Jahr war's, daß es mir widerfuhr«, sagte er. »Und damit begann mein System.«

Leos Mund sprang in flüchtigem, blassem Grinsen auf. »Keiner von uns wird jünger«, sagte er. Dann zerknüllte er in jähem Ärger ein Geschirrtuch und schleuderte es auf den Fußboden. »Sie liederlicher alter Schürzenjäger!«

»Was kam dann?« fragte der Junge.

Die Stimme des alten Mannes war hell und klar. »Der Frieden«, antwortete er.

»Hm?«

»Es ist nicht so leicht, dir das wissenschaftlich zu erklären, Son«, sagte er. »Ich vermute, logisch läßt es sich einfach so erklären, daß sie und ich so lange voreinander fortrannten, bis wir schließlich ganz verstrickt waren und uns hinlegten und es aufgaben. Frieden. Eine sonderbare und schöne Leere. In Portland war es Frühling, und es regnete jeden Nachmittag. Den ganzen Abend blieb ich im Dunkeln auf meinem Bett liegen. Und so erwarb ich mir mein System.«

Die Fenster draußen spiegelten das blaßblaue Licht. Die beiden Soldaten bezahlten ihr Bier und öffneten die Tür; der eine kämmte sich das Haar und wischte sich den Schmutz von den Wickelgamaschen, ehe er nach draußen ging. Die drei Spinnereiarbeiter beugten sich stumm über ihr Frühstück. An der Wand tickte Leos Uhr.

»Es ist so. Und hör jetzt gut zu! Ich hab über die Liebe meditiert und es alles herausgefunden. Ich hab begriffen, was wir falsch machen. Ein Mann verliebt sich zum erstenmal. Und in was verliebt er sich?«

Der weiche Mund des kleinen Jungen stand etwas offen; er gab keine Antwort.

»In eine Frau«, sagte der alte Mann. »Ohne System, ohne die geringste Anleitung wagt sich der Mann an das gefährlichste und heiligste Erlebnis auf Gottes Erde. Er verliebt sich in eine Frau. Hab ich recht, Son?«
»Ja«, sagte der Junge leise.
»Aber sie fangen die Liebe am falschen Ende an. Sie fangen beim Höhepunkt an. Kann man sich da wundern, daß es unglücklich ausgeht? Weißt du, wie die Menschen lieben sollten?«
Der alte Mann packte den Zeitungsjungen beim Kragen seiner Lederjacke und schüttelte ihn ganz sachte, während seine grünen Augen ernst und ohne zu zwinkern auf ihn niederschauten.
»Son, weißt du, wie Liebe anfangen sollte?«
Der Junge saß ganz klein und still da und hörte zu. Er schüttelte langsam den Kopf. Der alte Mann beugte sich näher heran und flüsterte:
»Ein Baum. Ein Felsen. Eine Wolke.«
Auf der Straße draußen regnete es immer noch. Ein milder, grauer, unaufhörlicher Regen. Die Fabriksirene pfiff zum Schichtwechsel, und die drei Spinnereiarbeiter zahlten und gingen. Nun war niemand mehr im Café außer Leo, dem alten Mann und dem kleinen Zeitungsjungen.
»In Portland war das Wetter so wie heute«, erzählte der alte Mann. »Damals fing ich mit meinem System an. Ich meditierte, und ich ging ganz behutsam vor. Ich brachte irgend etwas von der Straße mit nach Hause. Ich kaufte einen Goldfisch und konzentrierte mich auf den Goldfisch und liebte ihn. Und so stieg ich von einer Stufe zur nächsten. Tag für Tag habe ich mich darin geübt. Auf dem Wege von Portland nach San Diego ...«
»Ach, hör schon auf!« schrie Leo plötzlich. »Hör auf! Hör schon auf!«
Der alte Mann hielt den Jungen noch immer beim Jackenkragen gepackt. Er zitterte, und sein Gesicht war ernst und leuchtete wild. »Sechs Jahre bin ich nun ganz allein herumgezogen und hab mein System. Und jetzt bin ich darin ein Meister geworden, Son! Ich kann alles lieben. Ich brauche nicht mal mehr darüber nachzudenken. Ich sehe eine Straße mit vielen Menschen, und ein schönes Licht erfüllt mich. Ich beobachte einen Vogel in den Lüften. Oder ich begegne einem Wanderer auf der Landstraße – einerlei, was, Son, und einerlei, wer es ist.

Alles ist fremd, und alles liebe ich. Begreifst du, was ein System wie meins bedeuten kann?«
Der Junge saß steif da. Die Hände hatte er um den Rand der Bartheke geklammert. Schließlich fragte er: »Haben Sie die Dame noch gefunden?«
»Wie? Was hast du gesagt, Son?«
»Ich meinte«, sagte der Junge schüchtern, »ob Sie sich wieder in eine Frau verliebt haben?«
Der alte Mann ließ den Kragen des Jungen los. Er wandte sich ab, und zum erstenmal stand in seinen grünen Augen ein unsicherer und wirrer Ausdruck. Er hob das Seidel von der Theke und kippte das gelbe Bier hinunter. Er schüttelte sehr langsam den Kopf. Dann endlich antwortete er: »Nein, Son! Das wäre nämlich der letzte Schritt in meinem System. Ich gehe aber behutsam vor. Und so weit bin ich noch nicht.«
»So was!« sagte Leo. »So was! So was!«
Der alte Mann stand in der offenen Tür. »Vergiß es nicht«, sagte er. Im feuchten grauen Licht der ersten Morgenfrühe sah er eingeschrumpft und schäbig und gebrechlich aus. Aber sein Lächeln war strahlend. »Vergiß es nicht, daß ich dich liebe«, sagte er und nickte noch ein letztes Mal. Und die Tür fiel leise hinter ihm ins Schloß.
Lange Zeit sagte der Junge kein Wort. Er zupfte an den Haarsträhnen, die ihm in die Stirn hingen, und fuhr mit dem schmutzigen kleinen Zeigefinger um den Rand seiner leeren Tasse. Dann fragte er endlich, ohne Leo anzusehen: »War er betrunken?«
»Nein«, antwortete Leo knapp.
Der Junge hob die Stimme: »Dann war er wohl einer, der Rauschgift nimmt?«
»Nein.«
Der Junge blickte zu Leo auf, und sein flaches Gesichtchen war ratlos, und die Stimme war hartnäckig und schrill: »War er denn verrückt? Glauben Sie, daß er wahnsinnig ist?« Und in jähem Zweifel ließ der Zeitungsjunge die Stimme sinken: »Leo? Oder was sonst?«
Aber Leo antwortete ihm nicht. Vierzehn Jahre lang hatte er das kleine Nachtcafé gehabt, und er war überzeugt, daß er sich auskannte, was Verrücktheit betraf. Aus der Stadt kamen sie, oder auch Durchreisende, die nachts hier auftauchten. Er kann-

te den Wahn jedes einzelnen von ihnen. Aber die Fragen des wartenden Kindes wollte er nicht beantworten. Er verkniff sein bleiches Gesicht und schwieg.

Der Junge zog die rechte Ohrenklappe seines Sturzhelms herunter, und als er sich zum Gehen wandte, machte er eine Bemerkung – die einzige, die ihm geheuer schien, die einzige, derentwegen ihn keiner auslachen und verachten konnte: »Bestimmt ist er weit herumgekommen.«

Der verfolgte Junge

Hugh hielt an der Ecke nach seiner Mutter Ausschau, aber sie war nicht im Garten. Manchmal war sie draußen und pusselte an dem Beet mit Frühjahrsblumen herum – den Iberis, den Bartnelken, den Lobelien (sie hatte ihm die Namen beigebracht) – aber heute lag der grüne Vorderrasen mit den Rabatten bunter Blumen leer im schwächlichen Sonnenschein des Aprilnachmittags da. Hugh rannte den Gehweg entlang, und John folgte ihm. Mit zwei Sätzen sprangen sie die Vordertreppe hinauf, und die Tür schlug hinter ihnen ins Schloß.

»Mamma!« rief Hugh.

Und plötzlich, als sie in der leeren, gebohnerten Halle in einem Schweigen ohne Antwort standen, spürte Hugh, daß etwas nicht stimmte. Im Wohnzimmerkamin brannte kein Feuer, und da er während der kalten Monate an das Flackern des Flammenscheins gewöhnt war, erschien ihm das Zimmer an diesem ersten warmen Tag merkwürdig kahl und unbehaglich. Hugh schauerte zusammen. Er war froh, daß John da war. Die Sonne schien auf eine rote Stelle im geblümten Teppich. Feuerrot, dunkelrot, blaßrot – ihm wurde übel, und es fröstelte ihn plötzlich in Erinnerung an ›das letzte Mal‹. Das Rot verdüsterte sich zu einem schwindelerregenden Schwarz.

»Was fehlt dir, Brown?« fragte John. »Du siehst ganz weiß aus!«

Hugh schüttelte sich und legte die Hand auf die Stirn. »Nichts. Woll'n in die Küche gehen!«

»Ich kann bloß eine Minute bleiben«, erwiderte John. »Ich muß die Karten verkaufen. Ich kann bloß essen und losrennen.«

Die Küche mit den lebhaft karierten Handtüchern und den sauberen Pfannen war jetzt der beste Raum im Haus. Und auf dem emaillierten Tisch stand der Zitronenkuchen, den sie gebacken hatte. Beim alltäglichen Anblick der Küche und des Kuchens beruhigte sich Hugh, trat in die Halle zurück und hob sein Gesicht, um hinaufzurufen:

»Mutter? O Mamma!«

Wieder kam keine Antwort.

»Den Kuchen hat meine Mutter gebacken«, sagte er. Rasch holte er ein Messer und schnitt in den Kuchen hinein, um das zunehmende Angstgefühl zu bannen.
»Glaubst du, daß du ihn anschneiden darfst, Brown?«
»Klar, Laney.«
Seit diesem Frühling nannten sie sich bei ihrem Familiennamen – falls sie es nicht zufällig vergaßen. Hugh fand es sportlich und erwachsen und irgendwie großartig. Hugh konnte John besser leiden als jeden anderen Jungen in der Schule. John war zwei Jahre älter als Hugh, und mit ihm verglichen schienen die andern Jungen ein Haufen alberner Nullen zu sein. John war der beste Schüler in der zweiten Klasse, intelligent, aber nicht im geringsten ein Lehrer-Liebling, und er war auch der beste Turner. Hugh war in der ersten Klasse und hatte in seinem ersten Jahr in der High School nicht so viele Freunde – er hatte sich irgendwie selbst ausgeschlossen, weil er so ängstlich war.
»Mamma hat nach der Schule immer was Feines für mich!« Hugh legte ein großes Stück Kuchen für John (für Laney) auf einen Unterteller.
»Der Kuchen ist aber prima!«
»Die Kruste ist aus zerstoßenen Graham Crackers gemacht, statt aus dem richtigen Mürbeteig«, erzählte Hugh, »weil Mürbeteig solche Arbeit macht. Wir finden, daß der hier genauso gut ist. Natürlich kann Mutter auch den richtigen Mürbeteig machen, wenn sie will.«
Hugh konnte nicht stillstehen; er ging in der Küche auf und ab und aß sein Stück Kuchen, das er auf der Handfläche hielt. Sein braunes Haar war wirr vom nervösen Hineinfahren, und in seinen goldbraunen Augen stand die Qual schmerzlicher Unsicherheit. John, der am Tisch sitzengeblieben war, spürte Hughs Unruhe und wickelte eins seiner schlaksigen Beine um das andere.
»Ich muß jetzt wirklich gehen und die Karten für den Glee-Klub verkaufen.«
»Geh nicht! Hast ja den ganzen Nachmittag Zeit!« Er fürchtete sich vor dem leeren Haus. Er brauchte John, er brauchte irgend jemand; vor allem mußte er die Stimme seiner Mutter hören und wissen, daß sie mit ihm im Haus war. »Vielleicht badet Mamma«, sagte er. »Ich will noch mal rufen!«
Die Antwort auf seinen dritten Ruf war auch wieder Schweigen.

»Vielleicht ist deine Mutter ins Kino oder einkaufen gegangen?«
»Nein«, sagte Hugh. »Dann hätte sie einen Zettel dagelassen. Das tut sie immer, wenn sie weg ist und ich von der Schule nach Hause komme.«
»Auf einen Zettel haben wir nicht geachtet«, sagte John. »Vielleicht hat sie ihn unter dem Türvorleger oder irgendwo im Wohnzimmer gelassen.«
Hugh war untröstlich. »Nein. Sie hätte ihn hier unter dem Kuchen gelassen. Sie weiß, daß ich immer zuerst in die Küche renne.«
»Vielleicht hat jemand bei ihr angerufen, oder es ist ihr plötzlich was eingefallen, was sie tun wollte.«
»Ja, vielleicht«, sagte er. »Ich erinnere mich, daß sie vor ein paar Tagen zu Daddy gesagt hat, sie wolle sich neue Kleider kaufen.« Der Hoffnungsstrahl lebte nur so lange, wie er geäußert wurde. Hugh stieß sich das Haar aus der Stirn und sauste aus der Küche. »Ich will lieber nach oben. Ich sollte raufgehen, solange du hier bist.«
Er stand da und hatte die Arme um den Treppenpfosten geschlungen; der Geruch der gebohnerten Treppe und der Anblick der geschlossenen weißen Badezimmertür oben rief wieder die Erinnerung an ›das letzte Mal‹ wach. Er klammerte sich an den Treppenpfosten, und seine Füße versagten und wollten nicht die Treppe hinaufgehen. Aus dem Rot wurde wieder ein kreischendes, kränkliches Dunkelrot. Hugh setzte sich hin.
Steck den Kopf zwischen die Beine! befahl er sich – bei den Pfadfindern die erste Hilfe.
»Hugh!« rief John. »Hugh!«
Während der Schwindelanfall nachließ, traf ihn ein neuer Kummer: Laney nannte ihn bei seinem gewöhnlichen Vornamen, also hielt er ihn wegen seiner Mutter für einen Angsthasen, der es nicht verdient, so großartig sportlich beim Familiennamen genannt zu werden. Der Schwindelanfall war weg, als er in die Küche zurückkehrte.
»Brown«, sagte John – und auch *der* Kummer verschwand. »Gibt es in dem Laden hier etwas mit einer Kuh Verwandtes? Eine weiße Flüssigkeit? Auf Französisch heißt sie *lait*. Hier bei uns nennen wir es einfach Milch.«

Die Benommenheit nach dem Schock klärte sich. »Oh, Laney, ich bin ein Esel! Entschuldige! Ich hab's rein vergessen!« Hugh holte die Milch aus dem Kühlschrank und fand zwei Gläser. »Ich hab nicht dran gedacht! Hatte was andres im Sinn.«

»Ich weiß«, sagte John. Nach einem Augenblick fragte er mit ruhiger Stimme und blickte Hugh dabei fest in die Augen: »Warum hast du solche Angst um deine Mutter? Ist sie krank, Hugh?«

Hugh wußte jetzt, daß der Vorname nicht verächtlich gebraucht war; es geschah deshalb, weil John es zu ernst meinte, um sportlich zu sein. Er hatte John lieber als jeden andern Freund. Alles war natürlicher, wenn er John gegenüber am Küchentisch saß – und irgendwie sicherer. Als er John in die grauen, friedlichen Augen blickte, wurde seine Angst durch Johns wohltuende Zuneigung etwas besänftigt.

John fragte wieder, und noch immer so ruhig: »Hugh, ist deine Mutter krank?«

Hugh hätte keinem andern Jungen eine Antwort darauf geben können. Er hatte mit niemandem über seine Mutter gesprochen, außer mit seinem Vater, und selbst diese Vertrautheit war selten und indirekt. Sie konnten das Thema nur berühren, wenn sie mit etwas anderem beschäftigt waren, zum Beispiel zimmerten oder, was zweimal geschah, wenn sie zusammen in den Wald jagen gingen oder wenn sie das Abendbrot vorbereiteten oder das Geschirr abwuschen.

»Sie ist nicht ausgesprochen krank«, sagte er, »aber Daddy und ich hatten Sorge ihretwegen. Das heißt, eine Zeitlang hatten wir uns ihretwegen Sorgen gemacht.«

John fragte: »Ist es ein Herzleiden?«

Hughs Stimme klang gepreßt. »Hast du von der Keilerei gehört, die ich mit dem Trottel Clem Roberts hatte? Ich habe ihm sein dämliches Gesicht über den Kies gerieben und hätte ihn beinah umgebracht. Ich hätt's auch getan, wenn Mr. Paxton nicht dazwischen gekommen wäre und mich von ihm runtergerissen hätte.«

»Ich habe davon gehört.«

»Weißt du, warum ich ihn umbringen wollte?«

Einen Augenblick flatterten Johns Augen auf die Seite.

Hugh straffte sich; seine rauhen Kinderhände klammerten sich an die Tischkante; er schöpfte tief und heiser Atem. »Der

Trottel hat allen erzählt, meine Mutter wäre in Milledgeville. Er hat's überall rumerzählt, meine Mutter wär verrückt.«

»Das dreckige Schwein!«

Hugh sagte mit deutlicher, niedergeschlagener Stimme: »Meine Mutter war tatsächlich in Milledgeville. Aber das bedeutet nicht, daß sie verrückt war«, fuhr er rasch fort. »In dem großen Staats-Krankenhaus gibt es Gebäude für Leute, die verrückt sind, und andere Gebäude für Leute, die bloß krank sind. Mamma war eine Zeitlang krank. Daddy und ich haben darüber gesprochen und gefunden, das Krankenhaus von Milledgeville wäre der Ort, wo es die besten Ärzte gibt und wo sie die beste Pflege hätte. Aber sie war so wenig verrückt wie nur jemand in der ganzen Welt. Du kennst doch Mamma, John!«

Er sagte wieder: »Ich sollte nach oben gehen!«

John sagte: »Ich habe immer gefunden, daß deine Mutter eine von den nettesten Damen der Stadt ist.«

»Mamma ist nämlich das Merkwürdigste zugestoßen, und hinterher war sie deprimiert.«

Das Geständnis und die ersten, tief verwurzelten Worte lösten das schwärende Geheimnis im Herzen des Jungen, und er fuhr schneller und hastiger fort und fand dabei ungeahnte Erleichterung.

»Voriges Jahr dachte meine Mutter, sie würde ein kleines Baby bekommen. Sie hat mit Daddy und mir darüber gesprochen«, sagte er stolz. »Wir wollten ein Mädchen haben. Ich sollte ihr einen Namen aussuchen. Wir waren so glücklich. Ich habe all mein altes Spielzeug ausgegraben ... meine elektrische Eisenbahn und die Schienen ... Ich wollte, daß sie Crystal genannt würde ... Wie findest du den Namen für ein Mädchen? Es erinnert mich an etwas Helles und Zierliches!«

»Kam das kleine Mädchen tot auf die Welt?«

Selbst vor John wurden Hughs Ohren rot; er griff mit seinen kalten Händen danach. »Nein, es war was, das Tumor heißt. Das ist meiner Mutter passiert. Sie mußte hier im Krankenhaus operiert werden.« Er war verlegen, und seine Stimme war sehr leise. »Dann bekam sie was, das heißt Wechseljahre.« Die Worte erschienen Hugh schrecklich. »Und danach war sie deprimiert. Daddy sagte, es wäre für ihr Nervensystem ein Schock gewesen. Es ist etwas, das den Frauen zustößt; sie war einfach deprimiert und kaputt.«

Obwohl in der Küche kein Rot war, nirgends Rot, näherte Hugh sich schon wieder dem ›letztenmal‹.
»Eines Tages hat sie's einfach aufgegeben – eines Tages im letzten Herbst.« Hugh hatte die Augen weit aufgerissen und blickte starr: in Gedanken stieg er wieder die Treppe hinauf und öffnete die Badezimmertür – er legte die Hand über die Augen, um die Erinnerung auszulöschen. »Sie hat versucht, sich ... zu verwunden. Ich hab sie gefunden, als ich von der Schule nach Hause kam.«
John streckte die Hand aus und strich behutsam über Hughs Sweater-Ärmel.
»Sei nicht traurig! Viele Leute müssen ins Krankenhaus, weil sie kaputt und deprimiert sind. Das kann jedem passieren.«
»Wir mußten sie ins Krankenhaus bringen – ins beste Krankenhaus.« Die Erinnerung an jene langen, langen Monate war durch eine dumpfe Einsamkeit getrübt, die in ihrer anhaltenden Unerbittlichkeit so grausam wie ›letztesmal‹ war – wie lange hatte sie angehalten? Im Krankenhaus durfte Mama herumgehen, und sie hatte immer Schuhe an.
John sagte vorsichtig: »Der Kuchen ist wirklich prima.«
»Meine Mutter kann prima kochen. So Sachen wie Fleischpastete und gebackenen Lachs kann sie ebensogut machen wie Steaks und warme Würstchen.«
»Mir ist's greulich, bloß zu essen und wegzulaufen«, sagte John.
Hugh fürchtete sich so, alleingelassen zu werden, daß er die Angst in seinem lautklopfenden Herzen spürte.
»Geh nicht!« bat er. »Laß uns noch ein bißchen reden!«
»Worüber?«
Hugh konnte es ihm nicht erzählen. Nicht einmal ihm, John Laney. Niemandem konnte er von dem leeren Haus erzählen und von der entsetzlichen Zeit davor. »Weinst du manchmal?« fragte er John. »Ich nicht.«
»Ich tu's manchmal«, gab John zu.
»Ich wünschte, ich hätte dich besser gekannt, als Mutter weg war. Daddy und ich sind fast jeden Samstag auf die Jagd gegangen. Wir haben immer von Wachteln und Waldtauben gelebt. Das hätte dir bestimmt auch gefallen.« Mit leiserer Stimme fügte er hinzu: »Am Sonntag fuhren wir immer ins Krankenhaus.«

John sagte: »Es ist eine etwas heikle Aufgabe, die Karten zu verkaufen. Eine Menge Leute können die Operetten vom Glee Klub der High School nicht leiden. Wenn sie nicht jemanden im Glee-Klub persönlich kennen, bleiben sie lieber zu Hause und sehen sich ein gutes Fernsehstück an. Eine Menge Leute kaufen nur Karten, weil sie was Gemeinnütziges tun wollen.«
»Wir werden auch bald einen Fernsehapparat bekommen.«
»Ohne Fernsehen könnte ich nicht leben«, sagte John.
Hughs Stimme klang entschuldigend: »Daddy möchte erst die Krankenhausrechnungen bezahlen, denn Krankheiten sind eine furchtbar teure Angelegenheit, das weiß jeder. Danach kaufen wir den Fernseher.«
John hob sein Glas mit Milch auf. »Skoal!« sagte er. »Das ist ein schwedisches Wort; man sagt's, bevor man trinkt. Es bringt Glück.«
»Du weißt eine Unmasse fremde Wörter und Sprachen!«
»So viele auch nicht«, sagte John wahrheitsgemäß. »Bloß ›kaputt‹ und ›addios‹ und ›skoal‹ und was wir so in der Französischstunde lernen. Das ist nicht viel.«
»Das ist *beaucoup*«, sagte Hugh, fand sich witzig und war mit sich zufrieden.
Plötzlich brach die aufgestaute Spannung in körperlichem Ungestüm aus. Hugh riß draußen auf der Veranda den Basketball an sich und stürmte auf den Hof. Er dribbelte den Ball ein paarmal und zielte auf das Goal, das sein Vater ihm zu seinem letzten Geburtstag aufgestellt hatte. Als er sein Ziel verfehlte, warf er John, der nach ihm hinausgekommen war, den Ball zu. Es tat wohl, im Freien zu sein, und bei der Erleichterung, die das natürliche Spielen mit sich brachte, fiel ihm die erste Zeile eines Gedichts ein: ›Mein Herz ist wie ein Basketball.‹ Meistens, wenn ihm ein Gedicht in den Sinn kam, lag er im Wohnzimmer längelang auf dem Fußboden, in die Jagd nach Reimen versunken, wobei die Zunge in seiner Backentasche mitarbeitete. Seine Mutter nannte ihn dann immer Shelley-Poe, wenn sie über ihn hinwegschritt, und manchmal setzte sie ihren Fuß leicht auf sein Hinterteil. Seine Mutter fand seine Gedichte immer schön; heute fiel ihm die zweite Zeile ganz schnell ein, wie herbeigezaubert. »›Mein Herz ist wie ein Basketball, springt mit Freuden durch die Hall.‹ Wie findest du das als Gedichtanfang?«

»Kommt mir'n bißchen verrückt vor«, sagte John. Dann verbesserte er sich rasch: »Ich meine, es klingt ... komisch. Komisch, hab ich gemeint.«
Hugh begriff, weshalb John das Wort geändert hatte, und das Hochgefühl als Folge von Spiel und Gedicht verließ ihn augenblicklich. Er fing den Ball auf und stand mit ihm da, den Ball in seinen Arm geschmiegt. Der Nachmittag war golden, und die Glyzinie rankte üppig und mit unversehrten Blüten über die Veranda. Sie war wie ein einziger blaßlila Wasserfall. Der frische Wind duftete nach sonnenwarmen Blumen. Der sonnige Himmel war blau und wolkenlos. Es war der erste warme Frühlingstag.
»Ich muß losziehen«, sagte John.
»Nein!« Hughs Stimme klang verzweifelt. »Möchtest du nicht noch ein Stück Kuchen? Hab noch nie erlebt, daß jemand bloß ein Stück ißt.«
Er lockte John ins Haus, und diesmal rief er nur gewohnheitsmäßig, weil er immer rief, wenn er ins Haus trat: »Mutter!« Nach dem hellen Sonnenschein im Freien fröstelte es ihn. Es fröstelte ihn nicht bloß infolge des Wetters, sondern weil er sich so fürchtete.
»Meine Mutter kam vor einem Monat zurück, und seitdem ist sie immer hiergewesen, wenn ich von der Schule nach Haus gekommen bin. Immer, immer!«
Sie standen in der Küche und blickten auf den Zitronenkuchen. Und Hugh fand, daß der angeschnittene Kuchen irgendwie – seltsam aussah. Als sie so bewegungslos in der Küche standen, war auch die Stille unheimlich und seltsam.
»Kommt dir das Haus nicht sehr still vor?«
»Das ist bloß, weil ihr kein Fernsehen habt. Wir drehen unsern Fernseher um sieben Uhr an, und er läuft den ganzen Tag und Abend, bis wir zu Bett gehen. Ob jemand im Wohnzimmer ist oder nicht. Ununterbrochen laufen Stücke und lustige Sketches und Gags.«
»Wir haben natürlich ein Radio und eine Victrola.«
»Die leisten einem nicht die gleiche Gesellschaft wie ein guter Fernseher. Wenn ihr erst mal einen Fernseher habt, merkst du nicht, ob deine Mutter im Haus ist oder nicht.«
Hugh antwortete nicht. Ihre Schritte hallten hohl durch den Flur. Ihm war übel, als er auf der untersten Treppenstufe

stand und den Arm um den Treppenpfosten gelegt hatte. »Wenn du wenigstens eine Minute raufkommen könntest...«
Johns Stimme klang plötzlich ungeduldig und laut. »Wievielmal soll ich dir noch sagen, daß ich Karten verkaufen muß? Bei Einrichtungen wie dem Glee-Klub muß man gemeinnützig denken!«
»Bloß eine Sekunde – ich muß dir oben was Interessantes zeigen!«
John fragte nicht, was es sei, und Hugh grübelte krampfhaft nach, um etwas nennen zu können, das interessant genug war und John nach oben locken könnte. Schließlich sagte er: »Ich baue mir einen Hi-Fi-Apparat. Da muß man eine Menge über Elektronik wissen – mein Vater hilft mir.«
Doch noch während er sprach, wußte er, daß John ihm die Lüge keine Sekunde glaubte. Wer kaufte sich einen Hi-Fi, ohne einen Fernseher zu haben? Er haßte John – wie man Menschen haßt, die man so dringend braucht. Er mußte noch etwas hinzufügen und straffte die Schultern.
»Ich wollte dir bloß sagen, wieviel mir deine Freundschaft wert ist. Während der letzten Monate habe ich mich irgendwie vom Umgang mit andern ausgeschlossen.«
»Ist ja okay, Brown. Du mußt nicht so empfindlich sein, weil deine Mutter – dort war, wo sie war.«
John hatte die Hand auf der Türklinke, und Hugh zitterte. »Ich dachte bloß, ob du nur für eine Minute nach oben kommen könntest...«
John sah ihn mit unruhigen, betroffenen Blicken an. Dann fragte er langsam: »Ist da oben was, wovor du dich fürchtest?«
Hugh wollte ihm alles erzählen. Aber er konnte nicht erzählen, was seine Mutter an jenem Nachmittag im vorigen September getan hatte. Es war zu schrecklich und zu – seltsam. Es war wie etwas, was ein *Patient* tun würde, aber keineswegs jemand wie seine Mutter. Obwohl seine Augen sich vor Entsetzen weiteten und sein Körper zitterte, sagte er: »Ich fürchte mich nicht.«
»Also dann mach's gut! Tut mir leid, daß ich gehen muß. Pflicht ist Pflicht.«
John schloß die Haustür, und er war allein in dem leeren Haus. Nichts konnte ihn jetzt retten. Selbst wenn eine ganze Schar Jungen im Wohnzimmer vor dem Fernseher säße und über ko-

mische Gags und Witze lachte, würde es ihm doch nichts nützen. Er mußte hinaufgehen und sie suchen. Er wollte sich von dem, was John zuletzt gesagt hatte, etwas Mut holen, und wiederholte die Worte laut: »Pflicht ist Pflicht!« Doch die Worte verhalfen ihm nicht zu Johns Sorglosigkeit und Mut; in der Stille klangen sie unheimlich und seltsam.

Er drehte sich langsam um und wollte hinaufgehen. Sein Herz war jetzt nicht wie ein Basketball, sondern wie eine wilde Jazztrommel und hämmerte schneller und schneller, während er die Treppe hinaufstieg. Er schleppte die Füße nach, als ginge er knietief durch Wasser, und hielt sich am Geländer fest. Das Haus sah seltsam aus – verrückt. Als er auf den Tisch im Flur unten mit der Vase voll frischer Frühlingsblumen hinunterschaute, erschien ihm auch das irgendwie eigentümlich. Im oberen Stock war ein Spiegel, und sein eigenes Gesicht erschreckte ihn, so verrückt sah es aus. Im Spiegelbild standen die Buchstaben seines Schulsweaters verkehrt herum, und sein Mund stand offen – wie bei einem Idioten in der Heilanstalt. Er machte den Mund zu und sah besser aus. Doch die Dinge, die er sah – der Tisch unten, das Sofa oben – wirkten irgendwie zersprungen oder verzerrt, weil er so voller Angst war, obgleich es doch vertraute, alltägliche Dinge waren. Er heftete den Blick auf die geschlossene Badezimmertür rechts von der Treppe, und die wilde Jazztrommel hämmerte schnell und schneller.

Er öffnete die Badezimmertür, und einen Augenblick später ließ ihn die Furcht, die ihn den ganzen Nachmittag gequält hatte, das Badezimmer so sehen, wie er es ›letztesmal‹ gesehen hatte. Seine Mutter lag auf dem Fußboden, und überall war Blut. Seine Mutter lag tot da, und überall war Blut, auch auf ihrem aufgeschnittenen Handgelenk, und eine Blutlache war bis zur Badewanne gesickert und aufgestaut worden. Hugh berührte den Türrahmen und fand Halt. Dann kam das Badezimmer zur Ruhe, und er begriff, daß es nicht ›letztesmal‹ war. Der Aprilsonnenschein erhellte die sauberen weißen Fliesen. Nichts als ein blitzblankes Badezimmer war da, und das sonnige Fenster. Er ging ins Schlafzimmer und sah das leere Bett mit der rosa Decke. Damensachen standen auf dem Frisiertisch. Das Zimmer sah aus wie immer, und nichts war geschehen . . . nichts war geschehen, und er warf sich auf die rosa Steppdecke und weinte vor Erleichterung und nervöser, trost-

loser Übermüdung, die so lange gewährt hatte. Die Schluchzer erschütterten seinen ganzen Körper und beruhigten sein wildes, jazz-hämmerndes Herz.
Hugh hatte all die Monate nicht geweint. Er hatte ›letztesmal‹ nicht geweint, als er seine Mutter allein im leeren Haus gefunden hatte und als überall Blut war. Er hatte nicht geweint, aber er hatte einen Pfadfinder-Fehler begangen. Er hatte zuerst den schweren, blutigen Körper seiner Mutter hochgehoben, ehe er versucht hatte, sie zu verbinden. Er hatte nicht geweint, als er seinen Vater rief. Er hatte nicht in jenen Tagen geweint, als sie zusammen überlegten, was zu tun sei. Er hatte nicht einmal geweint, als der Doktor Milledgeville vorschlug, auch nicht, als er und sein Vater sie im Wagen zum Krankenhaus brachten, obwohl sein Vater auf dem Rückweg weinte. Er hatte nicht wegen der Mahlzeiten geweint, die sie sich zusammen zubereiteten – einen ganzen Monat hindurch jeden Abend Steaks, so daß sie glaubten, Steaks müßten ihnen aus den Augen und Ohren laufen. Danach hatten sie auf warme Würstchen umgeschaltet und aßen sie so lange, bis ihnen die warmen Würstchen aus Ohren und Augen liefen. Mit ihrem Essen gerieten sie in einen ewig gleichen Trott und hielten die Küche nie sauber, so daß sie niemals nett war, ausgenommen am Samstag, wenn die Putzfrau kam. Er weinte nicht an den einsamen Nachmittagen, nachdem er sich mit Clem Roberts geschlagen hatte und meinte, die andern Jungen glaubten allerlei Ausgefallenes von seiner Mutter. Er blieb zu Hause in der liederlichen Küche und aß Feigen oder Schokoladestangen. Oder er ging zum Fernsehen zu einer Nachbarin, Miss Richards, einer alten Jungfer, die sich altjüngferliche Stücke ansah. Er hatte nicht geweint, als sein Vater zuviel trank und den Appetit verlor und als Hugh alleine essen mußte. Er hatte nicht einmal an den langen Warte-Sonntagen geweint, wenn sie nach Milledgeville fuhren, wo er zweimal auf einer Veranda eine Dame ohne Schuhe sah, die Selbstgespräche hielt. Eine Dame, die eine Patientin war und mit einem Grauen nach ihm schlug, das er sich nicht erklären konnte. Er weinte nicht, als seine Mutter anfangs immer sagte: *»Wenn du mich hierläßt, ist es eine Strafe! Laß mich nach Hause gehen!«* Er hatte nicht bei den furchtbaren Worten geweint, die ihn verfolgten: ›Wechseljahre‹ – ›Milledgeville‹ – ›verrückt‹, er konnte nicht weinen während

all der langen Monate, die sich in Trübsinn und Sehnsucht und Furcht hinzogen.
Er weinte noch immer auf der rosa Bettdecke, die seine nassen Wangen als weich und kühl empfanden. Er schluchzte so laut, daß er nicht hörte, wie die Haustür geöffnet wurde, und er hörte nicht einmal das Rufen seiner Mutter oder ihre Schritte auf der Treppe. Er schluchzte noch, als seine Mutter ihn berührte, und vergrub sein Gesicht tief in der Decke. Er machte sogar die Beine steif und schlug mit den Füßen aus.
»Aber Loveyboy«, sagte seine Mutter und rief ihn mit einem längst nicht mehr benutzten Kindernamen. »Was ist passiert?«
Er schluchzte lauter, obwohl seine Mutter versuchte, sein Gesicht zu sich hinzudrehen. Er wollte, daß sie sich sorgte. Er drehte sich nicht um, bis sie schließlich vom Bett wegging, und dann schaute er sie an. Sie trug ein neues Kleid – blaue Seide schien es im blassen Frühlingslicht zu sein.
»Darling, was ist passiert?«
Das Entsetzen des Nachmittags war verflogen, aber er konnte seiner Mutter nicht davon erzählen. Er konnte ihr nicht erzählen, was er befürchtet hatte, nicht das Grauen von Dingen erklären, die gar nicht da waren – aber einmal dagewesen waren.
»Warum hast du es getan?«
»Es war der erste warme Tag, und da hab ich plötzlich beschlossen, mir ein paar neue Kleider zu kaufen.«
Aber er sprach nicht von Kleidern; er dachte an das ›letztemal‹ und an den Groll, der in ihm aufgestiegen war, als er das Blut und das Grauen sah und dachte: *warum hat sie mir das angetan?* Er dachte an seinen Groll gegen die Mutter, die er am meisten in der Welt liebte. All die letzten, traurigen Monate hatten Zorn und Liebe miteinander im Widerstreit gelegen, dazwischen das Schuldgefühl.
»Ich habe zwei Kleider und zwei Unterröcke gekauft. Wie gefallen sie dir?«
»Scheußlich!« sagte Hugh zornig. »Dein Unterkleid schaut raus!«
Sie drehte sich zweimal um, und das Unterkleid schaute furchtbar weit heraus. »Es *soll* herausschauen, Dummchen! Das ist jetzt Mode!«

»Deshalb gefällt's mir doch nicht.«
»Ich hab in einem Tearoom ein Sandwich gegessen und dazu zwei Tassen Kakao getrunken, und dann ging ich zu Mendels. Sie hatten soviel hübsche Sachen, daß ich kaum weggehen konnte. Jetzt habe ich die zwei Kleider gekauft, und sieh mal, Hugh, die Schuhe!«
Seine Mutter trat ans Bett und schaltete das Licht an, damit er sie sehen könne. Die Schuhe hatten flache Absätze und waren *blau* – mit Brillantgeglitzer auf den Zehenspitzen. Er wußte nicht, wie er sie beurteilen sollte. »Sie sehen mehr wie Abendschuhe aus – und nicht wie Schuhe, die du auf der Straße trägst.«
»Ich habe noch nie farbige Schuhe gehabt! Ich konnte einfach nicht widerstehen!«
Seine Mutter tänzelte gewissermaßen zum Fenster hinüber und ließ das Unterkleid unter dem neuen Kleid umherwirbeln. Hugh hatte jetzt zu weinen aufgehört, aber er war immer noch zornig.
»Es gefällt mir nicht, weil du drin aussiehst, als wolltest du jünger wirken, und ich wette, daß du vierzig bist!«
Seine Mutter hörte mit dem Getänzel auf und blieb ruhig am Fenster stehen. Ihr Gesicht war plötzlich still und traurig. »Im Juni werde ich dreiundvierzig.«
Er hatte ihr wehgetan, und plötzlich war der Zorn vergangen, und es war nur noch Liebe da. »Mama, das hätte ich nicht sagen sollen!«
»Als ich einkaufte, merkte ich, daß ich seit über einem Jahr nicht in einem Geschäft gewesen war. Stell dir das vor!«
Hugh konnte der stillen Traurigkeit und der Mutter, die er so liebte, nicht widerstehen. Er konnte seiner Mutter nicht widerstehen, die so hübsch war. Er wischte sich mit dem Sweater-Ärmel die Tränen ab und stand auf. »Ich habe dich noch nie so hübsch gesehen, und noch nie ein so hübsches Kleid und Unterkleid!« Er kauerte sich vor seiner Mutter hin und befühlte die glänzenden Schuhe. »Die Schuhe sind wirklich prima!«
»In der Minute, als ich sie sah, wußte ich, daß sie dir gefallen würden.« Sie zog Hugh zu sich herauf und küßte ihn auf die Wange. »Oh, jetzt habe ich dich mit meinem Lippenstift rotgemacht!«
Hugh wiederholte eine witzige Bemerkung, die er früher ein-

mal gehört hatte, und wischte sich den Lippenstift ab: »Es beweist nur, wie beliebt ich bin.«

»Hugh, warum hast du so geweint, als ich ins Zimmer kam? Hast du dich über etwas in der Schule aufgeregt?«

»Es war bloß, weil du weg warst, als ich nach Hause kam, und kein Zettel und nichts da war ...«

»Den Zettel habe ich rein vergessen.«

»Und den ganzen Nachmittag war mir ... John Laney war hier, aber er mußte wieder weg und Karten für den Glee-Klub verkaufen. Den ganzen Nachmittag war mir ...«

»Wie denn? Was war los?«

Aber er konnte der Mutter, die er liebte, nichts von dem Entsetzen und der Ursache erzählen. Schließlich sagte er: »Den ganzen Nachmittag war mir so ... seltsam.«

Nachher, als sein Vater nach Hause kam, rief er Hugh, er solle zu ihm in den Hof kommen. Sein Vater machte ein besorgtes Gesicht – als hätte er ein wertvolles Werkzeug erblickt, das Hugh draußen gelassen hatte. Aber es war kein Werkzeug da, und der Basketball war auf seinem Platz auf der Hofveranda.

»Son«, sagte sein Vater, »ich möchte dir etwas sagen.«

»Ja, bitte?«

»Deine Mutter hat mir erzählt, daß du heute nachmittag geweint hast.« Sein Vater wartete nicht, daß er es erklärte. »Ich möchte nur, daß wir beide uns ganz gut verstehen. Ist irgend etwas in der Schule – oder mit den Mädchen – oder sonst etwas, das dich quält? Warum hast du geweint?«

Hugh blickte auf den Nachmittag zurück, und schon war er weit weg und so fern wie ein merkwürdiger Anblick, den man hat, wenn man durchs verkehrte Ende eines Fernrohrs schaut.

»Ich weiß es nicht«, antwortete er. »Wahrscheinlich war ich etwas nervös.«

Sein Vater legte ihm den Arm um die Schulter. »Niemand kann nervös sein, bevor er sechzehn Jahre alt wird. Bis dahin hast du noch lange Zeit.«

»Ja.«

»Ich finde, deine Mutter hat noch nie so gut ausgesehen. Sie sieht so fröhlich und hübsch aus, besser als seit Jahren. Hast du das bemerkt?«

»Das Unterkleid – der Unterrock soll rausschauen. Es ist eine neue Mode!«
»Bald ist der Sommer da«, sagte sein Vater. »Und dann machen wir Ausflüge mit Picknick – zu dritt!« Die Worte ließen sofort ein Bild vom Sonnenglanz auf dem goldenen Bach und von dem abenteuerreichen Wald mit seinem Sommerlaub erstehen. Sein Vater fuhr fort: »Ich wollte dir etwas anderes sagen.«
»Ja, bitte?«
»Ich möchte dir sagen, daß ich genau weiß, wie tüchtig du dich in all den schlimmen Tagen verhalten hast. Sehr tüchtig! Verdammt tüchtig!«
Sein Vater gebrauchte das Wort »verdammt«, als spräche er mit einem Erwachsenen. Sein Vater war nicht der Mann, der mit Komplimenten freigebig war – er war immer streng in bezug auf Schulzeugnisse und liegengebliebenes Werkzeug. Nie hatte sein Vater ihn gelobt oder in der Sprache der Erwachsenen mit ihm geredet. Hugh spürte, wie ihm das Gesicht heiß wurde, und er berührte es mit seinen kalten Händen.
»Das wollte ich dir eben sagen, Son.« Er schüttelte Hugh bei der Schulter. »In einem Jahr oder so bist du größer als dein alter Herr!« Sein Vater ging rasch ins Haus und überließ Hugh dem angenehmen und ungewohnten Nachgeschmack seiner Lobesworte.
Hugh stand auf dem dunkler werdenden Hof, während die Sonnenuntergangsfarben verblaßten und die Glyzinie dunkelviolett wurde. In der Küche brannte Licht, und er sah, daß seine Mutter das Abendbrot zurechtmachte. Er wußte, daß etwas zu Ende war. Das Entsetzen war ihm jetzt so fern, und auch der Zorn, der mit der Liebe in Widerstreit gelegen hatte, und die Furcht und das Schuldgefühl. Obwohl er meinte, daß er nie wieder weinen würde – oder wenigstens nicht, bevor er sechzehn war –, erglänzte die sichere, helle Küche im Schimmer seiner Tränen, jetzt, da er nicht länger ein verfolgter Junge war, jetzt, da er irgendwie froh war und sich nicht fürchtete.

Mr. Mahoney und die Kunst

Er war ein wuchtiger Mann, ein Bauunternehmer, und er war der Ehemann der kleinen, gescheiten Mrs. Mahoney, die in Klub- und Kulturbelangen so aktiv war. Als pfiffiger Geschäftsmann (er besaß eine Ziegelei und ein Hobelwerk) trabte Mr. Mahoney mit fügsamer Liebenswürdigkeit schwerfällig im Kielwasser der kunstbeflissenen Mrs. Mahoney einher. Mr. Mahoney war gut gedrillt. Er war es gewohnt, von ›Repertoire‹ zu sprechen und Vorträgen und Konzerten mit dem passenden Ausdruck milder Schwermut zu lauschen. Er konnte über abstrakte Kunst reden, und er hatte sogar bei zwei Vorführungen der Kleinbühne mitgemacht, einmal als Butler und das andremal als römischer Soldat. Wie konnte Mr. Mahoney – der so gewissenhaft abgerichtete und so häufig verwarnte – solche Schande über sie bringen?

Der Pianist des Abends war José Iturbi, und es war das erste Konzert der Saison, ein Gala-Abend. Die Mahoneys hatten während der Werbung für die Three-Arts-Liga sehr schwer gearbeitet. Mr. Mahoney hatte allein mehr als dreißig Saisonkarten verkauft. Zu seinen Geschäftsfreunden, den Männern in der Stadt, sprach er von den geplanten Konzerten als »ein Stolz für die Gemeinde« und »eine kulturelle Notwendigkeit«. Die Mahoneys hatten ihren Wagen zur Verfügung gestellt und die Abonnenten zu einem Gartenfest eingeladen – mit drei farbigen Boys in weißer Jacke, die Erfrischungen herumreichten –, und ihr neues Tudor-Haus war für den Anlaß blumengeschmückt und glänzte vor Bohnerwachs.

Der Ruf der Mahoneys als Förderern von Kunst und Kultur war wohlverdient.

Der Beginn des verhängnisvollen Abends ließ nicht ahnen, was noch kommen sollte. Mr. Mahoney sang unter der Dusche und kleidete sich mit einer Sorgfalt bis in die letzte Einzelheit an. Er hatte von Duffs Blumengeschäft eine Orchidee mitgebracht. Als Ellie aus ihrem Zimmer zu ihm kam – in dem neuen Haus hatten sie ineinandergehende, getrennte Schlafzimmer –, war er gebürstet und strahlte in seinem Smoking, und Ellie trug an der Schulter ihres blauen Kreppkleides die Orchidee. Sie war

mit ihm zufrieden, tätschelte seinen Arm und sagte: »Du siehst so hübsch aus heute abend, Terence! Geradezu vornehm!«
Mr. Mahoney mit seinem stämmigen Körper warf sich vor Glück in die Brust, und sein frisches Gesicht mit den gegabelten Adern auf den Schläfen wurde rot. »Du bist immer schön, Ellie. Immer eine Schönheit! Manchmal kann ich's nicht verstehen, daß du mich geheiratet ...«
Sie brachte ihn mit einem Kuß zum Schweigen.
Nach dem Konzert sollte ein Empfang bei den Harlows stattfinden, und natürlich waren die Mahoneys eingeladen. Mrs. Harlow war die Leitkuh auf diesem Weideland gehobener Tätigkeit. Oh, wie Ellie solche Ausdrücke bäurischer Herkunft verachtete! Und Mr. Mahoney hatte, als er Ellie galant den Pelz um die Schultern legte, völlig vergessen, wie oft er getadelt worden war.

Die Ironie des Schicksals wollte es, daß Mr. Mahoney – bis zum Augenblick seiner Schandtat – dieses Konzert mehr genoß als jedes andre Konzert, das er je gehört hatte. Da gab's nichts von dem zappligen, langweiligen Bach! Es gab marschmäßig klingende Musik, und oft schienen die Melodien so vertraut, daß sein Fuß den Takt klopfte. Während er dasaß und die Musik genoß, blickte er hin und wieder auf Ellie. Ihr Gesicht trug den Ausdruck starren, untröstlichen Grams, den es immer annahm, wenn sie klassischer Musik lauschte. Zwischen den Nummern legte sie ihre Hand mit leidender Miene auf ihre Stirn, als sei es zuviel, so viele Gefühle zu ertragen. Mr. Mahoney klatschte mit seinen roten, fetten Händen begeistert Beifall und war froh, daß er eine Gelegenheit hatte, sich zu rühren und zu reagieren.
In der Pause defilierten die Mahoneys ernst durch den Korridor zum Foyer. Mr. Mahoney fand sich der alten Mrs. Walker ausgeliefert.
»Ich freue mich auf den Chopin«, sagte sie. »Musik in Moll liebe ich am meisten – Sie auch?«
»Wahrscheinlich schwelgen Sie gern im Kummer«, antwortete Mr. Mahoney.
Miss Walker, die Englischlehrerin, sprang prompt zu Hilfe. »Es ist Mutters keltische Seele! Sie ist nämlich irischer Abstammung.«

Mr. Mahoney meinte, er habe einen Fehler begangen, und sagte verlegen: »Ich mag Musik in Moll auch sehr.«
Tip Mayberry packte Mr. Mahoney beim Arm und redete zutraulich auf ihn ein. »Der Bursche versteht's, mit den Tasten zu rasseln!«
Mr. Mahoney antwortete reserviert: »Er hat eine ganz brillante Technik!«
»Noch eine ganze Stunde!« beklagte sich Tip Mayberry. »Ich wünschte, wir beide könnten uns verdrücken!«
Mr. Mahoney ging diskret weiter. Mr. Mahoney liebte die Atmosphäre der Schauspiele und Konzerte im Little Theatre mit all dem Chiffon und den Ansteckblüten und den dezenten Smokings. Vor Vergnügen und Stolz wurde ihm warm, während er gesellig im Foyer des Auditoriums der High School umherwandelte, die Damen begrüßte und mit verehrungsvoller Autorität von Tempi und Mazurkas sprach.
Es war während der ersten Nummer nach der Pause, daß sich das Unglück ereignete. Eine lange Chopin-Sonate war es, der erste Satz brausend, der zweite sprunghaft und quecksilbrig. Dem dritten Satz folgte er als Kenner mit klopfendem Fuß: es war der strenge Trauermarsch mit der traurigen Walzermelodie in der Mitte; das Ende des Trauermarsches kam mit einem lauten Schlußakkord. Der Pianist hob die Hand und lehnte sich sogar ein wenig auf seinem Klaviersessel zurück.
Mr. Mahoney klatschte. Er war bombensicher, daß es der Schluß war, und klatschte ein halbes dutzendmal herzhaft, bis er zu seinem Schrecken gewahrte, daß er als einziger klatschte. Hurtig und mit satanischer Energie attackierte José Iturbi aufs neue die Tasten des Flügels.
Mr. Mahoney erstarrte vor Qual. Die folgenden Augenblicke waren die fürchterlichsten seines Lebens. Die roten Adern auf seinen Schläfen traten hervor und wurden dunkel. Er klemmte seine verbrecherischen Hände zwischen die Schenkel.
Wenn Ellie ihm nur ein tröstendes, heimliches Zeichen gemacht hätte! Doch als er es wagte, sie anzublicken, war ihr Gesicht erstarrt, und sie blickte mit verzweifelter Aufmerksamkeit aufs Podium. Nach endlosen, demütigenden Minuten tastete sich Mr. Mahoneys Hand zu Ellies kreppbedecktem Schenkel. Mrs. Mahoney rückte von ihm ab und schlug die Beine übereinander.

Fast eine Stunde lang mußte Mr. Mahoney diese öffentliche Schande erdulden. Einmal erhaschte er einen Blick auf Tip Mayberry, und etwas Fremdes, Böses durchbohrte sein sanftmütiges Herz: Tip konnte eine Sonate nicht von dem Slit-Belly-Blues unterscheiden. Und doch saß er da, selbstzufrieden und unbemerkt. Mrs. Mahoney weigerte sich, den gepeinigten Blicken ihres Mannes zu begegnen.

Sie mußten noch zu der Party gehen. Er gab es zu, es war das einzig Richtige. Sie fuhren schweigend hin, doch als er den Wagen vor dem Haus der Harlows geparkt hatte, sagte Mrs. Mahoney: »Ich sollte meinen, jeder, der auch nur einen Funken Verstand hat, applaudiert nicht, bevor alle andern es tun!«

Für ihn war es eine unerträgliche Party. Die Gäste scharten sich um José Iturbi und wurden ihm vorgestellt. (Sie wußten alle, wer geklatscht hatte, ausgenommen Mr. Iturbi; er war ebenso herzlich zu ihm wie zu allen andern.) Mr. Mahoney stand in der Ecke hinter dem Flügel und trank Scotch. Die alte Mrs. Walker und Miss Walker lungerten mit der ›Leitkuh‹ um Mr. Iturbi herum. Ellie studierte die Titel in den Bücherregalen. Sie holte ein Buch heraus und las sogar ein Weilchen darin, wobei sie dem Zimmer den Rücken kehrte. Während einer reichlichen Menge Highballs blieb er in seiner Ecke allein. Schließlich war es Tip Mayberry, der sich zu ihm gesellte. »Ich finde, nach all den Karten, die Sie verkauft haben, hatten Sie ein Anrecht auf den Extra-Beifall!« Er bedachte Mr. Mahoney mit einem leisen Zwinkern verstohlener Kameradschaft, die anzuerkennen Mr. Mahoney in jenem Augenblick beinah geneigt war.

Ein Augenblick aus der Stunde danach

Leicht wie Schatten streichelten ihre Hände seinen Kopf und kamen dann sanft zur Ruhe; die Spitzen ihrer Finger flatterten über seinen Schläfen und bebten ebenso wie der warme, langsame Pulsschlag in seinem Körper, und ihre Handmuscheln wölbten sich über seiner harten Schädeldecke.
»Wider*hall*ende Lee-re«, murmelte er, so daß die Silben unbeholfen ineinandertorkelten.
Sie blickte auf seinen entspannten, gesunden Körper hinunter, der sich in seiner ganzen Länge auf der Couch ausstreckte. Der eine Fuß hing haltlos über dem Rand, die Socke legte sich in Falten um den Knöchel. Und während sie hinsah, verließ seine sensible Hand die Seite und kroch trunken zu seinem Mund hinauf, um die Lippen zu berühren, die nach seinen Worten erschlafft und weich blieben. »Ungeheures Vakuum«, nuschelte er hinter seinen tastenden Fingern hervor.
»Heute abend hast du genug geredet, Darling«, sagte sie. »Das Spiel ist aus, und der Affe ist tot.«
Sie hatten die Heizung vor einer Stunde abgestellt, und die Wohnung begann kühler zu werden. Sie blickte auf die Uhr, deren Zeiger auf eins wiesen. Um die Stunde ist's ohnehin nicht sehr warm, dachte sie. Aber es war kein Durchzug; schillernde Rauchschwaden hingen reglos dicht unter der Decke. Ihr Blick wanderte grübelnd zur Whiskyflasche und zu den durcheinandergeratenen Schachfiguren auf dem Kartentisch hinüber. Zu einem Buch, das mit der aufgeschlagenen Seite nach unten auf dem Fußboden lag – und zu einem Salatblatt, das sich einsam in der Ecke herumtrieb, weil Marshall es verloren hatte, als er sein Sandwich schwenkte. Zu den toten kleinen Zigarettenstummeln und den verkohlten Streichhölzern, die überall verstreut waren.
»Komm, deck dich zu«, sagte sie gedankenlos und schlug eine Wolldecke vom Fußende der Couch auseinander. »Du bist so empfindlich gegen Durchzug.«
Seine Augen öffneten sich und starrten stupide zu ihr auf – blaugrün, von der gleichen Farbe wie sein Sweater. In dem einen breiteten sich in der Ecke zarte rote Fäserchen aus und

verliehen ihm irgendwie das unschuldige Aussehen eines Osterhasen.

So viel jünger als zwanzig sah er immer aus – mit dem über ihren Knien zurückgeworfenen Kopf, so daß sein Hals sich über den Rollkragen bog und mit den weichen Konturen der Sehnen und Knorpel zart wirkte ... Mit dem dunklen Haar, das aus der Blässe seines Gesichts quoll.

»Leere Hoheit ...«

Während er sprach, sanken die Augenlider, bis die Augen darunter zu einem Schlitz verschmälert waren, der sie zu verhöhnen schien. Und in jähem Schreck begriff sie, daß er nicht so betrunken war, wie er es zu sein vorgab.

»Du brauchst nicht länger anzugeben«, sagte sie. »Phillip ist nach Hause gegangen, und nur noch ich bin da.«

»Es liegt in der Na-a-tur der Dinge, daß ein solcher Standpunkt ... Stand ...«

»Er ist nach Hause gegangen«, wiederholte sie. »Du hast ihn kaputt gequasselt.« Ein flüchtiges Bild von Phillip flog ihr durch den Sinn, wie er sich bückte, um die Zigarettenstummel aufzuheben – sein beweglicher, blonder kleiner Körper und seine ruhigen Augen ... »Er hat das Geschirr abgewaschen, das wir schmutzig gemacht haben, und wollte sogar den Fußboden fegen, aber ich hab's ihm ausgeredet.«

»Er ist ein ...« begann Marshall.

»Als er *dich* sah – und wie müde ich war –, wollte er sogar die Couch rausziehen und dich ins Bett schaffen.«

»Ein reizendes Verfahren«, nuschelte er.

»Ich habe ihn fortgeschickt.« Einen Augenblick erinnerte sie sich an sein Gesicht, als sie die Tür hinter ihm schloß; an das Geräusch seiner Schritte, die die Treppe hinuntergingen, und das Gefühl – halb Mitleid wegen der Verlassenheit, halb Wärme –, das sie immer hatte, wenn sie die Schritte andrer Leute hörte, die von ihnen fort in die Nacht hinausgingen.

»Wenn man ihn so hört, könnte man glauben, seine Lektüre beschränke sich strikt auf ... auf G. K. Chesterton und George Moore«, sagte er und ließ die Worte ein bißchen betrunken klingen. »Wer hat beim Schach gewonnen, er oder ich?«

»Du«, sagte sie. »Aber am besten hast du gespielt, ehe du so betrunken warst.«

»Betrunken ...« murmelte er, machte eine nachlässige Bewe-

gung mit seinem langen Körper und veränderte die Lage seines Kopfes. »Gott! Wie knochig deine Knie sind! Kno-chig!«
»Aber ich war sicher, daß du ihn gewinnen lassen würdest, als du den idiotischen Zug mit dem Bauern gemacht hast.« Sie dachte an die Finger, die über den exakt geschnitzten Figuren hingen, an die gerunzelten Brauen und an das Licht, das in der Flasche neben ihnen glomm.
Er hatte die Augen wieder geschlossen, und die Hand lag zerflattert über seiner Brust. »Blöder Vergleich«, murmelte er. »Zugegeben – das mit dem Berg. Joyce kletterte wacker ... o-o-okay, aber als er den Gipfel erreichte ... Gipfel erreichte ...«
»Du kannst die Trinkerei nicht vertragen, Darling ...« Ihre Hand schob sich über den weichen Vorsprung seines Kinns und blieb dort.
»Er wollte nicht sagen, daß die Welt *fla-ach* ist. Das haben sie gesagt, immer wieder. Außerdem konnten die Dörfler umhergehen, mit ihrem A ... umher, und sich selbst davon überzeugen. Mit ihrem Astloch.«
»Still!« sagte sie. »Darüber hast du lange genug geredet. Wenn du mal ein Thema hast, dann reitest du ewig drauf herum, ad infinitum. Und landest doch nirgends.«
»Ein Krater ...« keuchte er heiser. »Und wenigstens hätte er nach seinem gewaltigen Aufstieg etwas erwarten können ... ein reizend züngelndes Höllenfeuer ... ein ...«
Ihre Hand umspannte sein Kinn und schüttelte es. »Schweig jetzt«, sagte sie. »Ich habe das alles gehört, als du, bevor Phillip ging, so glänzend darüber improvisiert hast. Du warst obszön. Und ich hatte es fast vergessen.«
Ein Lächeln kroch über sein Gesicht, und seine blauen, bewimperten Augen sahen zu ihr auf. »Obszön? Warum solltest du dich an die Stelle dieser Sym ... Symbole setzen?«
»Wenn du mit jemand anders als mit Phillip so reden würdest, dann würde ich ... von dir weggehen.«
»Unendliche Lee-re«, sagte er und schloß die Augen wieder. »Totes Vakuum. Vakuum, sage ich. Und auf dem Grunde vielleicht die Asche von ... von ...«
»Halt den Mund!«
»Einem sich krümmenden, dickbäuchigen Kretin.«
Es kam ihr in den Sinn, daß sie vielleicht mehr getrunken hat-

te, als sie wußte, denn die Gegenstände im Zimmer nahmen eine seltsame Leidensmiene an. Die Zigarettenstummel sahen zerkaut und matt aus. Der Teppich – fast nagelneu – schien zertrampelt und sein Muster von der Asche erstickt. Selbst der letzte Whiskyrest stand bleich und still in der Flasche. »Erleichtert es dich?« fragte sie betont langsam und ruhig. »Hoffentlich sind Zeiten wie diese ...«

Sie spürte, wie sein Körper sich versteifte, und wie ein Plagegeist von einem Kind unterbrach er ihre Worte mit einem Schwall unmelodischen Brummelns.

Sie zog ihre Schenkel unter seinem Kopf fort und stand auf. Das Zimmer erschien ihr kleiner und schmutziger, es stank nach Rauch und verschüttetem Whisky. Grelle weiße Linien flackerten ihr vor den Augen. »Steh auf!« sagte sie düster. »Ich muß die verflixte Couch herausziehen und herrichten.«

Er faltete die Hände über dem Magen und lag eisern da, ohne sich zu rühren.

»Du bist widerlich«, sagte sie, öffnete die Schranktür und holte die Leintücher und Wolldecken heraus, die zusammengefaltet auf den Regalen lagen.

Als sie wieder vor ihm stand und darauf wartete, daß er sich erhebe, tat es ihr einen Augenblick weh, weil sein Gesicht so bleich und blutleer war. Auch wegen der dunklen Schatten, die bis halbwegs zu seinen Backenknochen hinuntergekrochen waren, und wegen der Schlagader an seinem Hals, die immer flatterte, wenn er betrunken oder müde war.

»Oh, Marshall, es ist viehisch von uns, uns so zu betrinken! Selbst wenn du morgen nicht arbeiten mußt – aber du hast noch Jahre vor dir, mindestens fünfzig!« Doch die Worte hatten einen falschen Klang, und sie konnte nur an morgen denken.

Er rappelte sich langsam hoch, auf die Kante der Couch, und als er diese Stellung erreicht hatte, sank ihm der Kopf in die Hände hinab, die ihn stützten. »Ja, Pollyanna«, murmelte er. »Ja, meine liebe, krächzende Pol ... Pol. Zwanzig ist ein herrliches, herrliches Alter, Gott sei's gedankt!«

Seine Finger, die sich durch sein Haar schoben und zu schwachen Fäusten schlossen, erfüllten sie plötzlich mit heftiger Liebe. Derb packte sie die Zipfel der Couchdecke und zog sie ihm um die Schultern. »Hoch jetzt! Wir können nicht die ganze Nacht so rumtrödeln!«

»Vakuum«, sagte er müde, ohne seinen hängenden Unterkiefer zu schließen.
»Ist dir übel?«
Er zog die Decke fest um sich herum, stand mühsam auf und wankte zum Kartentisch. »Kann der Mensch nicht mal *nachdenken,* ohne gleich obszön oder krank oder betrunken genannt zu werden? Nein. Kein Verständnis für Gedanken. Für tiefe, tiefe, düstere Gedanken. Voll dickem Morast. Morast. Mit ihrem Astloch.«
Das Leintuch wirbelte durch die Luft, und Aufgebauschtes erschlaffte zu Falten. Rasch stopfte sie die Ecke unter und zog die Wolldecken glatt. Als sie sich umdrehte, sah sie, daß er geduckt vor den Schachfiguren saß und unbeholfen versuchte, einen Bauern auf einen Turm zu stellen. Die rotkarierte Couchdecke hing ihm von den Schultern und schleifte hinter dem Stuhl über den Boden.
Ihr fiel etwas Gescheites ein: »Du siehst aus wie ein deprimierter König in einem Bordell.« Sie saß auf der in ein Bett verwandelten Couch und lachte.
Mit einer ärgerlichen Bewegung fuhr er mit den Händen zwischen die Schachfiguren, so daß mehrere zu Boden polterten. »So ist's recht! Lach dich um und dumm! So ist's schon immer gewesen!«
Das Gelächter schüttelte ihren Körper so sehr, als hätte jede Muskelfaser ihre Festigkeit verloren. Als sie aufhörte, war es sehr still im Zimmer.
Nach einer Weile stieß er sich die Decke von den Schultern, so daß sie hinter dem Stuhl zu einem Haufen zusammensank. »Er ist blind«, sagte er leise. »Beinah blind.«
»Gib acht – vielleicht zieht es? – Wer ist blind?«
»Joyce«, sagte er.
Nach ihrem Gelächter fühlte sie sich matt, und das Zimmer zeigte sich ihr nun als schmerzhaft klein und deutlich. »Das ist das Schlimme an dir, Marshall«, sagte sie. »Wenn du so bist, dann machst du weiter und weiter, bis du einen ganz erledigt hast.«
Er blickte sie verdrießlich an. »Ich muß schon sagen, du bist hübsch, wenn du betrunken bist.«
»Ich bin nie betrunken, könnte es gar nicht sein, auch wenn ich wollte«, sagte sie und spürte, wie hinter ihren Augen ein Schmerz zu bohren begann.

»Wie war's denn an dem Abend, als wir ...«
»Ich habe dir gesagt«, stieß sie steif zwischen den Zähnen hervor, »daß ich nicht betrunken war. Ich war krank. Und du hattest mich gezwungen, auszugehen und ...«
»Bleibt sich gleich«, unterbrach er sie. »Du warst ein Anblick für Götter, wie du dich da an den Tisch geklammert hast. Bleibt sich gleich. Eine kranke Frau – eine betrunkene Frau. Puh!«
Mutlos beobachtete sie, wie seine Augenlider sich senkten, bis sie alle Güte in seinen Augen verdeckt hatten.
»Und eine schwangere Frau«, sagte er. »Yeah! Wird wohl 'ne holde Stunde wie die hier sein, wo du mir dein holdes Geheimnis ins Ohr flüsterst. Noch ein süßer kleiner Marshall. Sind wir nicht toll? Sieh mal, was wir alles können! O Gott, was für'n Elend!«
»Du Ekel du!« sagte sie und beobachtete, wie ihre Hände (waren sie wirklich ein Teil von ihr?) zu zittern begannen. »So eine betrunkene Anpöbelei mitten in der Nacht!«
Als er lächelte, schien sein Mund allmählich ebenso rötlich aufgeschlitzt wie seine Augen. »Du liebst es doch«, flüsterte er sachlich. »Was würdest du machen, wenn ich nicht einmal die Woche besoffen wäre? So daß du mich – klebrig – abtätscheln kannst? Und Marshall hier und Marshall da winseln kannst? So daß du mir mit deinen gierigen kleinen Fingern über mein ganzes Gesicht tatzen kannst? O ja! Du hast mich am liebsten, wenn ich leide. Du ... du ...«
Während er durchs Zimmer torkelte, glaubte sie zu sehen, daß seine Schultern zuckten.
»Hier, Mama!« spottete er. »Warum bietest du mir nicht an, mir zielen zu helfen?« Als er die Badezimmertür zuschlug, schepperten ein paar Kleiderbügel, die am Türknopf hingen, mit blechernem Klirren aneinander.
»Ich gehe weg von dir«, rief sie düster, als das Geräusch von den Kleiderbügeln nachließ. Doch die Worte hatten ihren Sinn verloren. Haltlos saß sie auf dem Bett und blickte auf das welke Salatblatt weiter hinten im Zimmer. Der Lampenschirm kippte vornüber und klammerte sich beängstigend an die Birne, so daß ein schmerzend heller Lichtstreifen quer durch das graue, unordentliche Zimmer fiel.
»Ich gehe weg ...« wiederholte sie vor sich hin – und dachte dabei an die Verwüstung ringsum zu so später Nachtstunde.
Sie erinnerte sich an das Geräusch von Phillips Schritten, als er

die Treppe hinuntergegangen war. Nächtlich dumpf. Sie dachte an das Dunkel draußen und an die kalten, kahlen Vorfrühlingsbäume. Sie malte sich aus, wie es wäre, wenn sie zu dieser Stunde die Wohnung verließe. Mit Phillip vielleicht. Doch als sie sein Gesicht und seinen kleinen, ruhigen Körper zu sehen versuchte, waren die Umrisse unbestimmt, und es war kein Ausdruck da. Sie konnte sich nur erinnern, wie seine Hände mit dem Geschirrtuch auf den zuckrigen Grund eines Glases gebohrt hatten, wie sie es taten, als er ihr am Abend beim Geschirr half. Und während sie daran dachte, den leeren Lauten der Schritte zu folgen, wurden sie leiser, immer leiser – bis nur die schwarze Stille übrigblieb.

Zusammenschauernd erhob sie sich von der Couch und trat zum Tisch mit der Whiskyflasche. Die Glieder ihres Körpers fühlten sich wie müde Anhängsel an; nur der Schmerz hinter den Augen schien ihr eigener zu sein. Sie zauderte und ergriff die Flasche beim Hals. Das hier – oder eins von den Alka-Seltzers im obersten Kommodenfach. Doch der Gedanke an die blasse Tablette, die im Glas an die Oberfläche stieg, von ihrer eigenen Sprudelkraft aufgezehrt, schien qualvoll deprimierend. Außerdem war in der Flasche gerade noch genug für einen Schluck. Hastig schenkte sie sich ein und merkte, daß die glitzernde, konvexe Form der Flasche sie wieder einmal getäuscht hatte.

Der Whisky rann seinen beißenden, wärmenden kleinen Pfad in ihren Magen hinab, aber ihr übriger Körper blieb verfroren. »Ach verdammt«, flüsterte sie, dachte daran, das Salatblatt am nächsten Morgen aufzuheben, und an die Kälte draußen – und lauschte auf jedes von Marshall herrührende Geräusch im Badezimmer. »Ach verdammt! Nie kann ich so betrunken sein.«

Und während sie auf die leere Flasche starrte, hatte sie eine ihrer grotesken kleinen Phantasien, wie sie um diese Stunde leicht in ihr auftauchten. Sie sah sich und Marshall – in der Whiskyflasche! Wie sie, klein und perfekt, rebellierten. Zornig wie winzige Affen in dem kalten, blanken Glas auf und ab schlitterten. Nur einen Augenblick, mit abgeplatteten Nasen und sehnsüchtigen Blicken. Und dann, nach ihrem Getobe, sah sie sie weiß und erschöpft auf dem Boden der Flasche liegen, wo sie aussahen wie fleischige Schaustücke eines Laboratoriums. Ohne etwas zueinander zu sagen.

Ihr wurde übel vom Geräusch der Flasche, als sie im Papierkorb durch Apfelsinenschalen und Papierbündel krachte und auf den Blechboden aufschlug.
»Ah!« sagte Marshall, öffnete die Tür und setzte seinen Fuß vorsichtig über die Schwelle. »Ah – die reinste Freude, die einem Mann bleibt: im letzten köstlichen Moment zu pissen!«
Sie lehnte sich an die Holzleiste der Schranktür und preßte ihre Wange gegen die scharfe Kante. »Sieh zu, ob du dich ausziehen kannst!«
»Ah!« wiederholte er und setzte sich auf das Bett, das sie hergerichtet hatte. Seine Hände ließen die Klappen der Hose los und begannen am Gürtel herumzufummeln. »Alles bis auf den Gürtel ... kann nicht schlafen mit einer Gürtelschnalle. Wie deine Knie. Kno-chig!«
Sie meinte, er würde das Gleichgewicht verlieren, wenn er versuchte, den Gürtel auf einmal herauszuziehen (es war früher auch schon passiert, wie sie sich erinnerte). Statt dessen ließ er das Leder langsam, Riegel um Riegel, hervorschlüpfen, und als er fertig war, legte er den Gürtel ordentlich unter das Bett. Dann blickte er zu ihr auf. Die Linien um seinen Mund senkten sich abwärts und bildeten in der Blässe seines Gesichts graue Furchen. Seine Augen blickten weit aufgerissen zu ihr auf, und einen Augenblick glaubte sie, er würde weinen. »Hör mal«, sagte er langsam und deutlich.
Sie hörte nichts als mühsame Schluckgeräusche.
»Hör mal«, wiederholte er. Und das weiße Gesicht sank in seine Hände.
Langsam und in einem Rhythmus, der nicht Trunkenheit war, schwankte sein Körper von einer Seite auf die andre. Seine Schultern in dem blauen Sweater zitterten. »Herrgott!« sagte er ruhig. »Wie ich – leide!«
Sie fand die Kraft, sich von der Tür wegzuschleppen, den Lampenschirm gerade zu rücken und das Licht auszuschalten. In der Dunkelheit schaukelte ihr ein blauer Bogen vor den Augen – im Takt zu seinem schwankenden Körper. Und vom Bett her drang das Geräusch von Schuhen, die auf den Fußboden geworfen wurden, und das Quietschen der Sprungfedern, als er sich zur Wand umdrehte.
Sie legte sich im Dunkeln hin und zog die Wolldecken hoch,

die sich plötzlich für ihre Finger schwer und kalt anfühlten. Als sie seine Schultern zudeckte, fiel ihr auf, daß die Sprungfedern unter ihm noch immer klirrten, und daß sein Körper zitterte. »Marshall«, flüsterte sie, »frierst du?«

»Ein Schüttelfrost. Wieder so ein verdammter Schüttelfrost!«

Undeutlich dachte sie an den fehlenden Verschluß der Wärmflasche und an die leere Kaffeetüte in der Küche. »Verdammt«, wiederholte sie gedankenlos.

Im Dunkeln drängten sich seine Knie dicht an ihre, und sie spürte, wie sich sein Körper zu einer zitternden kleinen Kugel zusammenzog. Müde tastete sie nach seinem Kopf und zog ihn zu sich heran. Ihre Finger streichelten die kleine Grube in seinem Nacken, krochen über die starr rasierte Stelle in seinem Haar und hinauf bis nach oben, wo es weich war, und weiter zu seinen Schläfen, wo sie wieder das Pochen der Schläfenader fühlen konnte.

»Hör mal«, wiederholte er und drehte den Kopf aufwärts, so daß sie seinen Atem auf ihrer Kehle spürte.

»Ja, Marshall?«

Seine Hände ballten sich zu Fäusten, die krampfhaft hinter ihren Schultern aufschlugen. Dann lag er so still, daß sie einen Augenblick von einer seltsamen Furcht gepackt wurde.

»Es ist eben so«, sagte er mit einer Stimme, die völlig tonlos war. »Meine Liebe zu dir, Darling ... Manchmal scheint es mir, daß sie – in einem Augenblick wie dem hier – mich vernichten wird.«

Dann spürte sie, wie seine Hände sich entspannten und sich schwach an ihren Rücken klammerten, und spürte, daß die Kälte, die schon den ganzen Abend in ihm gesteckt hatte, seinen Körper wie unter großen Stößen zusammenzucken ließ. »Ja«, hauchte sie und drückte sich seinen harten Schädel in die Kuhle zwischen ihren Brüsten. »Ja«, sagte sie, sobald sich die Worte und das Quietschen der Sprungfedern und der widerliche Rauchgestank in der Dunkelheit von dort verzogen hatten, wo einstweilen alle Dinge unwesentlich geworden waren.

Das Waisenhaus

Wie es dazu kam, daß DAS HEIM mit der unheimlichen Flasche in Zusammenhang gebracht wurde, gehört zu der leicht beweglichen Logik der Kindheit, denn zu Beginn dieser Episode kann ich nicht älter als sieben gewesen sein. Doch DAS HEIM – als Unterkunft für die Waisenkinder unserer Stadt – könnte in seiner rätselhaften Häßlichkeit zum Teil die Schuld daran tragen. Es war ein großes Giebelhaus, schwärzlichgrün gestrichen, und stand weiter hinten auf einem mit Harkenstrichen gemusterten Hof, der bis auf zwei Magnolienbäume völlig kahl war. Der Hof war von einem schmiedeeisernen Zaun umgeben, und wenn man auf dem Bürgersteig stehenblieb, um hineinzuspähen, waren die Waisenkinder nur selten zu sehen. Der Hinterhof dagegen war auf lange Zeit ein geheimnisvoller Ort für mich; DAS HEIM lag an einer Ecke, und ein hoher Bretterzaun verbarg den Blicken, was drinnen vor sich ging; schlenderte man aber daran vorbei, dann konnte man unsichtbare Stimmen hören und manchmal ein Geräusch wie von aneinanderschlagendem Metall. Diese Verschwiegenheit und die geheimnisvollen Geräusche machten mir schrecklich bange. Oft ging ich auf dem Rückweg von der Hauptstraße der Stadt mit meiner Großmutter am HEIM vorbei, und in der Erinnerung erscheint es mir jetzt, daß wir immer im winterlichen Zwielicht daran vorbeigingen. Den Geräuschen hinter dem Bretterzaun schien im verblassenden Licht etwas Bedrohliches anzuhaften, und das eiserne Gittertor auf der Vorderseite fühlte sich für meine Finger bitterkalt an. Das Düster des rasenfreien Vorplatzes und sogar der Schimmer gelben Lichts aus den schmalen Fenstern schien irgendwie im Einklang mit der furchtbaren Erkenntnis zu stehen, die mir ungefähr um jene Zeit aufging.

Wer mich einweihte, war ein kleines Mädchen namens Hattie, die etwa neun oder zehn Jahre alt gewesen sein muß. An ihren Familiennamen kann ich mich nicht erinnern, doch weiß ich ein paar andere Tatsachen über diese Hattie, die mir unvergeßlich sind. Zum Beispiel erzählte sie mir, daß George Washington ihr Onkel sei. Ein andermal erklärte sie mir, weshalb die Farbigen farbig seien. Wenn ein Mädchen, sagte Hattie, einen Jungen küßte, dann würde sie eine Farbige, und wenn sie sich verheiratete, würden auch ihre Kinder Farbige. Nur Brüder waren von diesem Gesetz ausgenommen. Hattie war für ihr Alter klein und hatte vorstehende Vorderzähne und fettige blonde Haare, die von einer juwelengeschmückten Spange zusammengehalten wurden. Es war mir verboten worden, mit ihr zu spielen, vielleicht, weil meine Großmutter oder die Eltern ein ungesundes Element in der Beziehung spürten; wenn diese Vermutung stimmt, dann hatten sie jedenfalls recht gehabt. Ich hatte mal Tit geküßt, der mein bester Freund war, aber nur mein Vetter zweiten Grades, und nun wurde ich Tag für Tag langsam zu einer Farbigen. Es war Sommer, und Tag für Tag wurde ich dunkler. Vielleicht hatte ich die Idee, daß Hattie, nachdem sie mich über diese fürchterliche Umwandlung aufgeklärt hatte, nun auch die Kraft besaß, ihr Einhalt zu gebieten. In dieser Doppel-Versklavung aus Schuld und Furcht folgte ich ihr überall in der Nachbarschaft, und oft verlangte sie fünf oder zehn Cents von mir.

Kindheitserinnerungen haben etwas seltsam ineinander Verwobenes an sich, und dunkle Bezirke schließen die lichten Flächen ein. Kindheitserinnerungen sind wie helle Kerzen in nächtlichem Land und beleuchten fest eingeprägte Bilder vor dem umgebenden Dunkel. Ich kann mich nicht erinnern, wo Hattie wohnte, aber ein Durchgang, ein Raum, hebt sich mit unheimlicher Deutlichkeit ab. Ich weiß auch nicht, wie ich in diesen Raum hineingeriet, doch jedenfalls war ich drin – mit Hattie und meinem Vetter Tit. Es war spät am Nachmittag, der Raum war noch nicht ganz dunkel. Hattie trug ein Indianerkostüm mit einem Stirnband aus leuchtend roten Federn, und sie hatte uns gefragt, ob wir wüßten, wo die Babies herkämen. Die Indianerfedern schienen mir aus irgendeinem geheimnisvollen Grund bedrohlich auszusehen.

»Sie wachsen im Bauch von Damen«, sagte Tit.

»Wenn ihr mir schwört, daß ihr es nie einem Menschen weitersagt, dann will ich euch was zeigen!«

Wir hatten es wohl beschworen, doch erinnere ich mich an meinen Widerwillen und an meine Furcht vor weiteren Enthüllungen. Hattie kletterte auf einen Stuhl und holte etwas aus einem Schrankfach. Es war eine Flasche, und drin war etwas Merkwürdiges, Rotes.

»Wißt ihr, was das ist?« fragte sie uns.
Das Etwas in der Flasche glich keinem mir bekannten Ding. Tit war's, der sie fragte: »Was ist es?«
Hattie wartete, und ihr Gesicht unter dem Federband zeigte einen listigen Ausdruck. Nach ein paar Minuten voller Spannung sagte sie:
»Es ist ein eingemachtes totes Baby!«
Es war sehr still im Raum. Tit und ich tauschten einen verstohlenen, entsetzten Blick aus. Ich konnte die Flasche nicht noch einmal ansehen, aber Tit starrte sie furchtsam und hingerissen an.
»Wessen Baby?« fragte er schließlich mit leiser Stimme.
»Seht ihr den kleinen roten Kopf mit dem Mund? Und die winzigen roten Beinchen, die es unter sich gequetscht hat? Mein Bruder hat's von der Schule mit heimgebracht, als er Apotheker studiert hat.«
Tit streckte den Finger aus und tippte gegen die Flasche, dann verschränkte er die Hände auf dem Rücken. Wieder fragte er, und diesmal flüsternd: »Wessen Baby?«
»Es ist ein Waisenkind«, sagte Hattie.
Ich erinnere mich an das leichte Gewisper unsrer Schritte, während wir auf den Zehenspitzen aus dem Zimmer gingen, und daran, daß der Durchgang dunkel war, mit einem Vorhang am Ende. Das ist Gott sei Dank meine letzte Erinnerung an Hattie. Aber das eingemachte Waisenkind verfolgte mich noch eine Zeitlang; einmal träumte ich, daß das DING aus seinem Glas herausgekommen wäre und ums Waisenhaus herumschusselte, und ich war drinnen eingeschlossen, und Es schusselte hinter mir her – glaubte ich etwa, daß in dem düsteren Giebelhaus Regale mit ganzen Reihen dieser schaurigen Flaschen waren? Wahrscheinlich ja – und nein. Denn das Kind kennt zwei Schichten Wirklichkeit – die Welt, die es als ungeheures Einverständnis aller Erwachsenen hinnimmt, und das nicht anerkannte, verborgene Geheimnis, das Unergründliche. Jedenfalls hielt ich mich dicht an meine Großmutter, als wir an einem Spätnachmittag auf dem Rückweg von der Stadt am Waisenhaus vorbeikamen. Damals kannte ich keins von den Waisenkindern, weil sie in die Schule an der Third Street gingen.
Ein paar Jahre später brachten mich zwei Ereignisse in eine unmittelbare Beziehung zum HEIM. Ich betrachtete mich mitt-

lerweile als ein großes Mädchen und war tausendmal am Waisenhaus vorbeigegangen, allein oder auf Rollschuhen oder auf dem Fahrrad. Das Entsetzen hatte sich vermindert und war zu einer Art besonderer Faszination geworden. Ich blickte das HEIM immer an, wenn ich vorbeiging, und manchmal konnte ich die Waisenkinder sehen, wie sie in sonntäglicher Langsamkeit den Weg zur Sonntagsschule und Kirche zurücklegten und in Marschformation gruppiert waren, vornean die beiden Ältesten und am Schluß die beiden Kleinsten. Ich war etwa elf, als sich eine Veränderung ergab, die mich als Zuschauer näher heranließ und einen unerwarteten Bereich der Romantik öffnete. Zuerst wurde meine Großmutter zum Mitglied der Waisenhausverwaltung ernannt. Das war im Herbst. Dann – zu Beginn des Frühlingssemesters – wurden die Waisenkinder in die Schule an der Seventeenth Street umgelegt, die auch ich besuchte. Drei Waisenkinder waren im gleichen Schulzimmer mit mir, in der sechsten Klasse. Die Umlegung fand wegen einer Grenzverschiebung der verschiedenen Schuldistrikte statt. Meine Großmutter wurde in die Verwaltung gewählt, weil sie Komitees und Körperschaften und die Zusammenkünfte von Vereinen liebte und weil ungefähr zu jener Zeit ein ehemaliges Mitglied des Verwaltungsrates gestorben war.
Meine Großmutter besuchte das HEIM etwa einmal monatlich, und bei ihrem zweiten Besuch begleitete ich sie. Es war der schönste Tag der Woche, ein Freitagnachmittag, der wegen des bevorstehenden Feiertags so unendlich lang schien. Es war ein kalter Nachmittag, und der letzte Sonnenschein warf feurige Lichter auf die Fensterscheiben. Innen sah das HEIM ganz anders aus, als ich es mir vorgestellt hatte. Der große Vorflur war leer, und in den Zimmern waren keine Vorhänge, keine Teppiche und kaum ein Möbelstück. Hitze strahlte aus den Öfen im Eßzimmer und im Gemeinschaftsraum, der neben dem Vorderzimmer lag. Mrs. Wesley, die Hausmutter, eine große Frau und etwas schwerhörig, hatte den Mund immer leicht geöffnet, wenn gerade jemand von Bedeutung redete. Sie schien stets kurzatmig zu sein, und sie sprach mit ruhiger Stimme, aber durch die Nase. Meine Großmutter hatte Sachen mitgebracht (Mrs. Wesley nannte sie Kleidungsstücke), die von den verschiedenen Kirchen gespendet worden waren, und beide schlossen sich im kalten Sprechzimmer ein und redeten mitein-

ander. Ich wurde einem Mädchen meines Alters anvertraut; sie hieß Susie, und wir gingen sofort in den Hinterhof mit dem Bretterzaun.

Der erste Besuch war mir peinlich. Mädchen aller Altersstufen spielten verschiedene Spiele. Auf dem Hof waren eine Wippe und ein Barren, und in den Boden war ›Himmel und Hölle‹ eingeritzt. In meiner Verwirrung kam mir der Hof voller Kinder wie eine ungeordnete Einheit vor. Ein kleines Mädchen kam auf mich zu und fragte mich, was mein Vater sei. Und da ich nicht rasch genug antwortete, sagte sie: »Mein Vater war Streckenwärter bei der Eisenbahn.« Dann rannte sie zum Barren und schaukelte, an den Knien baumelnd: ihr Haar ging von ihrem roten Gesicht gerade herunter, und sie trug einen braunen Baumwollschlüpfer.

Der Nomade

Die Dämmergrenze zwischen Schlaf und Wachen lief am heutigen Morgen durch Rom: plätschernde Springbrunnen und überwölbte, enge Straßen, verschwenderische goldene Stadt der Blütenfülle und des altersmilden Steins. Manchmal auch in solchem Dämmerzustand weilte der Nomade wieder in Paris oder in deutschen Kriegsruinen oder beim Schweizer Skilauf und in Schneehotels. Oder auf einem Brachfeld in Georgia, im Morgengrauen vor der Jagd. Rom war's am heutigen Morgen – im jahrzeitlosen Reich der Träume.

John Ferris erwachte in einem Hotelzimmer in New York. Er hatte ein Gefühl, als erwarte ihn etwas Unangenehmes – was, das vermochte er nicht zu sagen. Das Gefühl, das vor den Erfordernissen der Morgentoilette etwas zurücktrat, wirkte noch nach, als er fertig angekleidet nach unten ging. Es war ein wolkenloser Herbsttag, und pastellfarbene Wolkenkratzer zerschnitten das blasse Sonnenlicht. Ferris ging in den Drugstore nebenan und setzte sich in die letzte Nische beim Fenster, das auf den Bürgersteig blickte. Er bestellte ein amerikanisches Frühstück mit Rührei und Würstchen.

Ferris war aus Paris herübergekommen – zur Beerdigung seines Vaters, die vor einer Woche in seiner Vaterstadt in Georgia stattgefunden hatte. Durch die Erschütterung angesichts des Todes war er sich bewußt geworden, daß die Jugendzeit vorbei war. Sein Haar lichtete sich; die hervorstehenden Adern an den jetzt schütteren Schläfen pochten, und sein Körper war bis auf den Ansatz zu einem Bauch ausgesprochen hager. Ferris hatte seinen Vater geliebt, und die zwischen ihnen bestehende Bindung war einst außergewöhnlich eng gewesen; doch irgendwie hatten die Jahre seine Sohnesliebe verkümmern lassen, und nun hatte der Tod – obwohl seit langem erwartet – ihn mit einer unvorhergesehenen Bestürzung erfüllt. Er war so lange wie möglich geblieben, um seiner Mutter und den Brüdern zu Hause nahe zu sein. Sein Flugzeug nach Paris sollte am nächsten Morgen starten.

Ferris holte sein Adreßbuch hervor, um eine Nummer festzustellen. Mit zunehmender Aufmerksamkeit blätterte er die Seiten um. Namen und Adressen aus New York, aus den Hauptstädten Europas, ein paar verblaßte aus seinem Heimatstaat im Süden. Verblaßte Buchstaben in Druckschrift, krakelige, betrunkene. Betty Wills: ein Zufallsliebchen, jetzt verheiratet. Charlie Williams: verwundet im Hürtgenwald, seither nichts mehr von ihm gehört. Der prächtige alte Williams – ob er lebte oder ob er gestorben war? Don Walker: ein Bonze beim Fernsehen, der zu Geld kam. Henry Green: nach dem Krieg auf die schiefe Ebene geraten, soll jetzt in einem Sanatorium sein. Cozie Hall: die sollte ja tot sein, wie er gehört hatte. Die unbekümmerte, lachende Cozie – seltsamer Gedanke, daß auch sie, eine dumme Kleine, sterben konnte. Als Ferris das Adreßbuch zuklappte, wehte es ihn an wie Unbeständigkeit, wie Vergänglichkeit, fast wie Furcht.

Und gerade da fuhr er plötzlich zusammen. Er hatte aus dem Fenster gestarrt, und draußen, auf dem Bürgersteig, kam Elizabeth, seine geschiedene Frau, vorbei. Sie kam ziemlich dicht an ihm vorbei und ging langsam. Er konnte den wilden Aufruhr seines Herzens nicht verstehen, auch nicht das darauffolgende Gefühl von Leichtsinn und Zuneigung, das noch anhielt, nachdem sie fort war.

Rasch zahlte Ferris seine Rechnung und stürzte auf den Bürgersteig hinaus. Elizabeth stand an der Straßenecke und wartete, um die Fifth Avenue zu überqueren. Mit der Absicht, sie zu sprechen, eilte er auf sie zu, doch die Lichtsignale wechselten, ehe er sie erreicht hatte, und sie ging über die Straße. Ferris folgte ihr. Auf der andern Seite hätte er sie mühelos einholen können, entdeckte aber, daß er seltsamerweise zauderte. Ihr schönes braunes Haar trug sie schlicht aufgerollt, und während er ihr nachsah, fiel ihm ein, daß sein Vater einst gesagt hatte, Elizabeth ›hielte sich so gut‹. Sie bog um die nächste Straßenecke, und Ferris folgte ihr, obwohl die Absicht, sie einzuholen, inzwischen verflogen war. Die körperliche Erregung, die ihr Anblick in ihm ausgelöst hatte, die feuchten Hände und das starke Herzklopfen stimmten ihn nachdenklich.

Vor acht Jahren hatte Ferris seine einstige Frau zum letztenmal gesehen. Er wußte, daß sie längst wieder verheiratet war. Und sie hatte Kinder bekommen. Während der letzten Jahre hatte er selten an sie gedacht. Doch zuerst, nach der Scheidung, hatte ihr Verlust ihn fast zugrunde gerichtet. Dann hatte die

Zeit seinen Schmerz gestillt, und er hatte wieder geliebt, und dann abermals. Jetzt war es Jeannine. Bestimmt war die Liebe zu seiner einstigen Frau längst erloschen. Warum also die körperliche Erregung, die seelische Erschütterung? Er begriff nur, daß sein umwölktes Herz in einem seltsamen Mißklang zu dem sonnigen, klaren Herbsttag stand. Ferris schwenkte jäh um, und mit langen Schritten, ja, beinahe rennend, eilte er in sein Hotel zurück.

Ferris schenkte sich einen Drink ein, obwohl es noch nicht elf Uhr war. Wie ein Erschöpfter lag er hingegossen in einem Sessel und umklammerte sein Glas Bourbon mit Wasser. Er hatte noch einen ganzen Tag vor sich, da er erst am nächsten Morgen mit dem Flugzeug nach Paris zurückkehrte. Er zählte sich auf, was er noch zu tun hatte: das Gepäck zur Air France bringen, mit seinem Chef zu Mittag essen, Schuhe und einen Mantel kaufen. Und noch etwas – war's nicht noch etwas gewesen? Ferris trank sein Glas leer und schlug das Telephonbuch auf.

Der Entschluß, seine einstige Frau anzurufen, kam unvermittelt. Die Nummer stand unter Bailey, dem Namen ihres Mannes, und er rief an, ehe er Zeit hatte, mit sich zu Rate zu gehen. Er und Elizabeth hatten zu Weihnachten Glückwunschkarten ausgetauscht, und als Ferris ihre Vermählungsanzeige erhielt, hatte er ihr ein Tranchierbesteck geschickt. Es bestand kein Grund, sie nicht anzurufen. Aber als er das Läuten am andern Ende der Leitung hörte und wartete, quälten ihn Befürchtungen.

Elizabeth antwortete; ihre vertraute Stimme bedeutete eine neue Erschütterung. Zweimal mußte er seinen Namen wiederholen, aber als sie ihn erkannt hatte, schien sie sich zu freuen. Er erklärte ihr, daß er nur den einen Tag in der Stadt sei. Sie hätten Theaterkarten, sagte sie – aber könnte er vielleicht zu einem frühen Abendessen kommen? Ferris sagte mit Freuden zu.

Während er eine Besorgung nach der andern erledigte, bedrückte ihn in ausgefallenen Augenblicken immer wieder das Gefühl, etwas Wesentliches vergessen zu haben. Am Spätnachmittag badete er und zog sich um, wobei er oft an Jeannine dachte: nächste Nacht würde er bei ihr sein. ›Jeannine‹, würde er sagen, ›in New York habe ich zufällig meine einstige Frau getroffen. Hab mit ihr gegessen. Und mit ihrem Mann, natürlich. Es war eigentümlich, sie nach all den Jahren wiederzusehen.‹

Elizabeth wohnte auf der Ostseite in einer von den Fünfziger Straßen, und als Ferris im Taxi hinfuhr, erhaschte er an den Kreuzungen einen Blick auf die langsam sinkende Sonne; doch bis er sein Ziel erreicht hatte, war es schon herbstlich dunkel. Das Haus war ein Gebäude mit Sonnensegel über der Vorfahrt und mit einem Portier; die Wohnung lag im siebenten Stock.

»Kommen Sie bitte rein, Mr. Ferris!«

Ferris war auf Elizabeth oder sogar auf den ihm unbekannten Ehemann eingestellt und wunderte sich daher über das sommersprossige, rothaarige Kind. Er hatte gewußt, daß Kinder da waren, doch irgendwie hatte er ihnen keinen Platz in seinem Denken gegönnt. Vor Überraschung trat er verlegen einen Schritt zurück.

»Sind Sie nicht Mr. Ferris?« fragte das Kind höflich. »Ich bin Billy, und hier ist unsre Wohnung. Kommen Sie doch rein!«

Der Ehemann im Wohnzimmer jenseits des Flurs stellte eine zweite Überraschung dar: auch ihn hatte er noch nicht gefühlsmäßig anerkannt. Bailey war ein schwerfälliger rothaariger Mann von bedächtigem Wesen. Er erhob sich und hieß ihn mit ausgestreckter Hand willkommen.

»Bill Bailey. Freut mich, Sie kennenzulernen. Elizabeth kommt auch gleich. Sie zieht sich nur fertig an.«

Seine letzten Worte lösten eine Reihe vorbeifließender Bilder aus: Erinnerungen an frühere Jahre. Die hübsche Elizabeth vor ihrem Bad, rosig und nackt. Halb angekleidet vor dem Spiegel ihres Frisiertisches, das schöne kastanienbraune Haar bürstend. Süße, selbstverständliche Vertrautheit, liebliches weiches Fleisch in unangefochtenem Besitz. Ferris schrak zurück vor den unerbetenen Erinnerungen und zwang sich, Bill Baileys Blick zu begegnen.

»Billy, hole doch bitte das Tablett mit den Drinks vom Küchentisch!«

Der Junge gehorchte sofort, und als er gegangen war, bemerkte Ferris im Plauderton: »Sie haben einen netten Jungen!«

»Das finden wir auch.«

Ein flaues Schweigen, bis der Junge ein Tablett mit Gläsern und einen Cocktail-Shaker mit Martinis anbrachte. Unter dem Einfluß des Alkohols belebte sich die Unterhaltung: sie spra-

chen von Rußland, von der New Yorker Kritik und von der Wohnungsfrage in Manhattan und in Paris.
»Mr. Ferris fliegt morgen die ganze Strecke über den Atlantik«, sagte Bailey zu dem kleinen Jungen, der ruhig und brav auf der Armlehne seines Sessels thronte. »Sicher möchtest du als blinder Passagier in seinem Koffer mitreisen!«
Billy strich sich die schlaffen Haarsträhnen aus der Stirn. »Ich möchte in einem Flugzeug fliegen und so ein Zeitungsmann wie Mr. Ferris sein.« Und sehr überzeugt schloß er plötzlich: »Ja, das möcht ich, wenn ich groß bin!«
Bailey entgegnete: »Ich dachte, du wolltest Arzt werden?«
»Will ich auch«, sagte Billy. »Ich möchte beides werden. Ich möchte auch Atomforscher werden.«
Elizabeth kam ins Zimmer, auf dem Arm ein kleines Mädchen. »O John!« rief sie. Das Baby setzte sie dem Vater auf den Schoß. »Es ist fein, dich wiederzusehen! Ich freue mich schrecklich, daß du gekommen bist!«
Das kleine Mädchen saß artig auf Baileys Knien. Es trug ein rosa Crêpe-de-Chine-Kleidchen mit rosenrot gesmoktem Oberteil, dazu ein passendes seidenes Haarband, das die hellen weichen Locken zurückhielt. Die Haut war sommerlich gebräunt, und die braunen Augen waren goldgesprenkelt und lachten. Als es das Ärmchen ausstreckte und seines Vaters Hornbrille betastete, nahm er sie ab und ließ es einen Augenblick hindurchschauen. »Was macht mein Zuckerstengel?«
Elizabeth war wunderschön, vielleicht noch viel schöner, als es ihm je zum Bewußtsein gekommen. Ihr glattes, seidiges Haar schimmerte. Ihr Gesicht war sanfter, leuchtend und gelassen. Es war eine Madonnenschönheit, bedingt durch den häuslichen Kreis.
»Du hast dich beinah gar nicht verändert«, sagte Elizabeth, »und doch ist es so lange her!«
»Acht Jahre sind's!« Seine Hand tastete verlegen über sein schütteres Haar, während sie weitere freundliche Redensarten wechselten.
Ferris empfand sich plötzlich als Zuschauer, als Eindringling bei diesen Baileys. Warum war er hergekommen? Er litt. Sein eigenes Leben erschien ihm so einsam, eine letzte morsche Säule inmittten der Trümmer seiner Lebensjahre, die nichts und niemanden stützte. Er glaubte es nicht mehr lange in dem Familienzimmer aushalten zu können.

Er blickte auf seine Uhr. »Ihr geht also ins Theater?«
»Ja, es ist zu schade«, sagte Elizabeth, »aber wir hatten es schon vor mehr als einem Monat verabredet. Aber du, John – du wirst doch bestimmt eines Tages mal – in absehbarer Zeit – endgültig heimkommen? Du willst doch nicht ewig ein Heimatloser bleiben, nicht wahr?«
»Ein Heimatloser?« wiederholte Ferris. »Das Wort gefällt mir nicht sehr.«
»Weißt du ein besseres?« fragte sie.
Er dachte einen Augenblick nach. »Vielleicht würde ›Nomade‹ besser passen.«
Ferris blickte wieder auf seine Uhr, und Elizabeth entschuldigte sich noch einmal. »Wenn wir's nur rechtzeitig gewußt hätten . . .«
»Ich hatte nur diesen einen Tag für die Stadt. Ich mußte unerwartet heimfahren. Papa ist nämlich vorige Woche gestorben.«
»Papa Ferris ist gestorben?«
»Ja, in der Johns-Hopkins-Klinik. Er hat fast ein Jahr dort gelegen. Die Beerdigung war zuhause in Georgia.«
»Ach, wie leid mir das tut, John! Papa Ferris stand mir immer ganz besonders nahe.«
Der kleine Junge kam hinter dem Sessel hervor, um seiner Mutter ins Gesicht zu schauen. »Wer ist gestorben?« fragte er.
Ferris vergaß seine Umgebung: er dachte an seinen toten Vater. Er sah wieder auf der gepolsterten Seide des Sarges den Leichnam liegen. Das Fleisch der Leiche war grotesk rosig geschminkt; die vertrauten Hände lagen gefaltet und wie versteinert auf einer Rosendekoration. Die Erinnerung versank, und Ferris vernahm Elizabeths gelassene Stimme.
»Mr. Ferris' Vater, Billy. Ein wirklich großartiger Mensch. Jemand, den du nicht kennst.«
»Aber warum hast du ihn *Papa* Ferris genannt?«
Bailey und Elizabeth sahen sich ratlos an. Dann antwortete Bailey auf die Frage des Kindes. »Vor langer Zeit waren deine Mutter und Mr. Ferris miteinander verheiratet«, sagte er. »Bevor du geboren wurdest. Es ist sehr lange her.«
»Mr. Ferris?«
Der kleine Junge starrte Ferris betroffen und ungläubig an. Und auch Ferris' Augen waren irgendwie ungläubig, als er den Blicken standhielt. War es wirklich wahr, daß er diese Fremde,

Elizabeth, in Liebesnächten einst ›molliges Lämmchen‹ genannt hatte? Daß sie zusammen gelebt und an die tausend Tage und Nächte geteilt hatten, um schließlich im Jammer jäher Einsamkeit mitanzusehen, wie das Gespinst ihrer ehelichen Liebe Faser um Faser durch Eifersucht und Alkohol und Geldstreitigkeiten zerstört wurde?

Bailey sagte zu den Kindern: »Jetzt ist's aber Abendbrotzeit! Los, kommt mit!«

»Aber Daddy! Mama und Mr. Ferris ... ich ...«

Billys unablässiger Blick – verblüfft und ein wenig feindselig – erinnerte Ferris an die Blicke eines andern Kindes: an den kleinen Sohn von Jeannine, einen siebenjährigen Jungen mit verschattetem Gesicht und höckerigen Knien, den Ferris mied und meistens vergaß.

»Nun aber – marsch!« Bailey schob Billy sanft zur Tür. »Sag jetzt gute Nacht, Jungchen!«

»Gute Nacht, Mr. Ferris!« Schmollend fuhr er fort: »Ich hab gedacht, ich dürfte für den Kuchen aufbleiben?«

»Für den Kuchen darfst du nachher wiederkommen«, sagte Elizabeth. »Lauf jetzt schnell mit Daddy und iß schön!«

Ferris und Elizabeth waren allein. Die seltsame Situation drückte lähmend auf die ersten stummen Augenblicke. Ferris bat um Erlaubnis, sich noch ein Glas einzuschenken, und Elizabeth stellte den Cocktail-Shaker auf das Tischchen neben Ferris. Er sah auf den Flügel und gewahrte die Noten auf dem Pult.

»Spielst du immer noch so schön wie früher?«

»Noch ebenso gern.«

»Bitte spiele, Elizabeth!«

Elizabeth erhob sich sofort. Ihre Bereitwilligkeit, vorzuspielen, wenn sie darum gebeten wurde, hatte stets zu ihren liebenswertesten Seiten gehört: nie hatte sie Umstände gemacht, nie Ausreden vorgebracht. Als sie jetzt zum Flügel trat, kam noch der Wunsch hinzu, die Situation zu überbrücken.

Sie begann mit Bach, mit einem Präludium und Fuge. Das Präludium war so heiter irisierend wie ein Prisma in einem morgenhellen Raum. Die erste Stimme der Fuge kündigte sich rein und herausgelöst an, gesellte sich dann zu einer zweiten und wiederholte sich schließlich innerhalb eines kunstvollen Rahmenwerks: die vielfältige Musik strömte breit und gelassen in ruhevoller Majestät dahin. Das Hauptthema wurde mit zwei andern Stimmen verflochten und durch zahllose Einfälle ausgeschmückt. Bald vorherrschend und bald zurücktretend, besaß es die edle Überlegenheit eines Einzelwesens, das sich vor der Einordnung in ein Ganzes nicht scheut. Vor dem Finale verdichtete sich die Klangfülle zu einer letzten Verherrlichung und Betonung des dominierenden ersten Motivs, und mit Akkorden einer endgültigen Bestätigung schloß die Fuge. Ferris hatte den Kopf gegen die Rückenlehne seines Sessels gelegt und die Augen geschlossen. Durch die folgende Stille tönte eine klare, helle Stimme aus dem Zimmer jenseits des Flurs: »Daddy, wieso konnten Mama und Mr. Ferris ...« Eine Tür wurde zugemacht.

Der Flügel begann von neuem: aber was für eine Musik war das? Beziehungslos und doch vertraut hatte die glasklare Melodie schlafend in seinem Herzen gelegen. Jetzt sprach sie ihm von einer andern Zeit, einem andern Ort: es war die Musik, die Elizabeth immer gespielt hatte. Die zarte Melodie weckte einen Schwarm von Erinnerungen. Ferris versank in einem Aufruhr vergangener Sehnsüchte, Konflikte und widerspruchsvoller Begierden. Merkwürdig, daß die Musik, der Nährboden dieses zügellosen Tumults, so gelassen und klar war. Die liedhafte Melodie wurde durch das Erscheinen des Hausmädchens unterbrochen.

»Miss Bailey, das Essen steht jetzt auf dem Tisch!«

Selbst nachdem Ferris bei Tisch saß, zwischen Hausherrn und Hausfrau, trübte die unvollendete Musik noch seine Stimmung. Er war nicht mehr ganz nüchtern.

»L'improvisation de la vie humaine«, sagte er. »Nichts bringt einem das Improvisierte des menschlichen Lebens so zu Bewußtsein wie ein unvollendetes Lied. Oder ein altes Adreßbuch!«

»Ein Adreßbuch?« wiederholte Bailey, schwieg dann aber taktvoll und höflich.

»Du bist doch immer noch der alte, Johnny«, sagte Elizabeth mit einem Hauch ihrer einstigen Zärtlichkeit.

Es war ein Südstaatenessen, das es heute abend gab, und obendrein sein Lieblingsgericht. Zum Brathuhn und dem Maisauflauf gab es lecker braunglasierte Süßkartoffeln. Während der Mahlzeit, wenn die Pausen zu lang wurden, hielt Elizabeth

ein Gespräch im Gang. So fügte es sich, daß Ferris etwas von Jeannine erzählte.
»Ich habe Jeannine im vergangenen Herbst – etwa vor einem Jahr – in Italien kennengelernt. Sie ist Sängerin und hatte in Rom ein Engagement. Ich glaube, wir heiraten bald.«
Die Worte schienen so wahr und unvermeidlich, daß Ferris sich die Lüge zuerst gar nicht eingestand. Er und Jeannine hatten überhaupt nicht von Heirat gesprochen. Sie war ja auch noch verheiratet – mit einem weißrussischen Geldwechsler in Paris, von dem sie seit fünf Jahren getrennt lebte. Doch es war zu spät, die Lüge zu berichtigen. Elizabeth rief bereits: »Oh, das freut mich aber! Herzlichen Glückwunsch, Johnny!«
Er versuchte, sich der Wahrheit wieder zu nähern. »Der römische Herbst ist so schön. Voller Duft und Blüten!« Er schloß: »Jeannine hat einen kleinen Jungen, einen sechsjährigen. Ein komisch dreisprachiger kleiner Bursche. Manchmal gehen wir zu den Tuilerien.«
Wieder eine Lüge! Er hatte den Jungen ein einziges Mal in den Park mitgenommen. Der bleiche fremdländische Junge in kurzen Hosen, die seine staksigen Beine freiließen, hatte auf dem auszementierten Teich sein Schiffchen schwimmen lassen und war auf einem Pony geritten. Der Kleine wollte auch ins Kasperletheater gehen, doch dafür reichte die Zeit nicht, denn Ferris hatte eine Verabredung im Scribe-Hotel. Er hatte versprochen, an einem andern Nachmittag mit ihm zum Kasperle zu gehen. Nur das eine Mal hatte er Valentin zu den Tuilerien geführt.
Es entstand eine Unruhe. Das Mädchen brachte eine Torte mit weißem Guß und rosa Kerzen. Die Kinder erschienen im Schlafanzug. Ferris war noch immer nicht im Bilde.
»Herzlichen Glückwunsch zum Geburtstag, John!« sagte Elizabeth. »Du darfst die Kerzen ausblasen!«
Ferris erinnerte sich an sein Geburtsdatum. Die Kerzen erloschen nur schwer, und es roch nach rauchenden Dochten. Ferris war achtunddreißig Jahre alt geworden. Die Adern an seinen Schläfen wurden sichtlich dunkler und pochten.
»Es wird Zeit, daß ihr ins Theater geht!«
Ferris dankte Elizabeth für das Geburtstagsmahl und verabschiedete sich auf die übliche Art. Die ganze Familie begleitete ihn bis an die Tür.

Ein schmaler Mond leuchtete hoch über den zackigen, düsteren Wolkenkratzern. Die Straßen waren zugig und kalt. Ferris eilte zur Third Avenue und winkte ein Taxi heran. Mit einer vorsätzlichen Aufmerksamkeit, wie man sie nur bei der Abreise oder beim endgültigen Abschied aufbringt, betrachtete er die nächtliche Stadt. Er war allein. Er sehnte sich nach der Stunde des Abflugs und nach der bevorstehenden Reise.

Am nächsten Tag blickte er aus der Luft auf die Stadt hinab, die im Sonnenlicht silbrig und spielzeugklein deutlich dalag. Dann blieb Amerika hinter ihm zurück, und nur der Atlantik war da und die ferne europäische Küste. Der Ozean lag milchig blaß und still unter der Wolkendecke. Ferris schlummerte den größten Teil des Tages. Als die Dunkelheit anbrach, dachte er an Elizabeth und an den Besuch am Abend vorher. Mit Sehnsucht und leisem Neid und unerklärlicher Reue dachte er an Elizabeth inmitten ihrer Lieben. Er suchte nach der Melodie, nach der unvollendeten Weise, die ihn so aufgewühlt hatte. Der Rhythmus und ein paar unzusammenhängende Töne waren alles, was ihm geblieben war; die eigentliche Melodie entzog sich ihm. Statt dessen fand er die erste Stimme der Fuge, die Elizabeth gespielt hatte: spöttisch versetzt und in Moll war sie wieder da. Über dem Ozean hangend, vermochten ihn die Ängste vor der Vergänglichkeit und Einsamkeit nicht länger zu beunruhigen, und mit Gleichmut dachte er an seines Vaters Tod. Während der Dinnerstunde erreichte das Flugzeug die französische Küste.

Um Mitternacht saß Ferris in einem Taxi und fuhr durch Paris. Es war eine bewölkte Nacht, und um die Laternen an der Place de la Concorde rankte sich der Nebel. Die mitternächtlichen Bistros glitzerten auf den nassen Bürgersteigen. Wie immer nach einem Transozeanflug, war der Wechsel von einem Kontinent zum andern zu jäh. Am Morgen in New York, um Mitternacht in Paris. Blitzartig gewahrte Ferris das Ungeordnete seines Lebens; die rasche Folge von Städten, von flüchtigen Liebschaften; und die Zeit, das unheimliche *glissando* der Jahre, immer die Zeit!

»*Vite! Vite!*« rief er voller Entsetzen. »*Dépêchez-vous!*«

Valentin machte ihm die Tür auf. Der Kleine trug einen Schlafanzug und einen zu klein gewordenen roten Morgenrock. Sei-

ne grauen Augen waren verschleiert, und als Ferris die Wohnung betrat, flackerten sie auf.
»*J'attends maman!*«
Jeannine sang in einem Nachtklub. Vor einer Stunde konnte sie nicht zu Hause sein. Valentin kehrte zu seiner Malerei zurück; mit seinen Buntstiften kauerte er über einem Blatt Papier auf dem Fußboden. Ferris sah auf die Zeichnung hinunter; es war ein Banjospieler, und wie auf den Witzstreifen stieg eine Blase mit Noten und Wellenlinien aus seinem Mund.
»Wir wollen wieder in die Tuilerien gehen!«
Der kleine Junge blickte auf, und Ferris zog ihn an sein Knie. Die Melodie, die unvollendete Weise, die Elizabeth gespielt hatte, fiel ihm plötzlich ein. Unvermutet war sie aufgetaucht und brachte ihm diesmal nur Wiedererkennen und Freude, während das Bedrückende der Erinnerung über Bord flog.
»Monsieur Jean«, fragte das Kind, »haben Sie ihn gesehen?«
Verwirrt dachte Ferris nur an das andere Kind – an den sommersprossigen, von seiner Familie geliebten Jungen. »Wen soll ich gesehen haben, Valentin?«
»Ihren toten Papa in Georgia.« Das Kind fügte hinzu: »War er okay?«
Ferris sprach rasch und eindringlich: »Wir wollen oft in die Tuilerien gehen. Ponyreiten und den Kasperle anschauen. Und zum Marionettentheater gehn und immer für alles Zeit haben.«
»Monsieur Jean«, sagte Valentin, »das Kasperletheater ist jetzt geschlossen.«
Wiederum Entsetzen, Erkenntnis vergeudeter Jahre und Tod. Valentin kuschelte sich noch in seine Arme, war anschmiegsam und zutraulich. Seine Wange berührte die weiche Kinderwange, und er spürte das Streicheln der feinen Wimpern. Voll innerer Verzweiflung preßte er das Kind an sich – als ob ein so wandelbares Gefühl wie seine Liebe den Pulsschlag der Zeit beeinflussen könnte.

Poldi

Als Hans nur noch einen Häuserblock vom Hotel entfernt war, begann ein kühler Regen niederzufallen und den Lampen, die jetzt längs des Broadways angezündet wurden, alle Farben zu entziehen. Er heftete seine hellen Augen auf das Schild COLTON ARMS, stopfte ein Notenblatt unter den Mantel und hastete weiter. Als er in das trübe beleuchtete Marmor-Vestibül trat, flog sein Atem in kurzen Stößen, und das Notenblatt war zerdrückt.

Unsicher lächelte er dem Gesicht vor sich zu. »Dritter Stock – diesmal!«

Man konnte stets sagen, wie der Liftboy über die Dauergäste des Hotels dachte. Wenn die, vor denen er den meisten Respekt hatte, in ihrem Stock aus dem Lift stiegen, hielt er ihnen mit einer überschwenglichen Geste die Tür einen kleinen Moment länger auf. Hans dagegen mußte gewandt hinaushüpfen, damit die zugleitende Tür ihm nicht die Fersen abzwackte.

Poldi . . .

Er stand zaudernd im trübseligen Korridor. Vom andern Ende drangen die Klänge eines Cellos her: eine Reihe von absteigenden Phrasen, die holterdiepolter übereinanderpurzelten – wie eine Handvoll Murmeln, die man die Treppe hinunterwirft. Er ging bis zum Zimmer mit der Musik und blieb einen Augenblick dicht vor der Tür stehen. Eine wacklig hingekritzelte Notiz war mit einer Reißzwecke an die Tür gepinnt.

Poldi Klein.
Bitte nicht stören, wenn geübt wird.

Er erinnerte sich, daß beim erstenmal, als er es sah, das Wort ›geübt‹ nicht richtig geschrieben war.

Anscheinend war nicht gut geheizt: die Falten seines Mantels rochen feucht und ließen von Zeit zu Zeit so etwas wie einen kalten Hauch aufsteigen. Daß er sich über den halbwarmen Radiator duckte, der beim letzten Fenster stand, half ihm auch nicht.

Poldi – ich habe so lange gewartet! Und oft bin ich draußen auf und ab gegangen, bis du fertig warst, und habe über die Worte nachgedacht, die ich dir sagen wollte. Gott! Wie hübsch – wie ein Gedicht oder wie ein Liedchen von Schumann. So mußt du anfangen. Poldi ...

Seine Hand schlich über das rostige Metall. Warm – warm war sie immer. Und wenn er sie in seine Hand nähme, würde es wieder so sein, daß er sich am liebsten die Zunge abgebissen hätte.

Hans, du weißt, daß mir die andern nichts bedeutet haben. Joseph, Nikolay, Harry – all die Boys, die ich kannte! Und dieser Kurt *(nur dreimal konnte sie nicht)*, von dem ich in der vorigen Woche gesprochen habe – pffft! Sie sind alle nix.

Er merkte, daß seine Hände das Notenblatt zerknitterten. Er blickte nach unten und sah, daß die grellbunte Rückseite naß und verwaschen war, daß jedoch die Noten innen nicht gelitten hatten. Billiges Zeugs. Oh, well ...

Er ging auf dem Flur auf und ab und rieb sich die verpickelte Stirn. Das Cello schwirrte in einem unklaren Arpeggio aufwärts. Das Konzert (das Castelnuovo-Tedesco) – wie lange würde sie das noch üben? Einmal blieb er stehen und streckte schon die Hand zum Türknopf hin. Nein, das eine Mal, als er eingetreten war und sie gestarrt und gestarrt hatte – und ihm gesagt hatte ...

Durch sein Denken wogte üppig die Musik. Seine Finger zuckten, als er versuchte, die Orchesterstimmen fürs Klavier zu transkribieren. Jetzt würde sie sich vorbeugen, und ihre Hände würden über das Griffbrett gleiten.

Wegen des fahlen Lichts vom Fenster blieb fast der ganze Korridor düster. In einer jähen Aufwallung kniete er nieder und spähte durchs Schlüsselloch. Nur die Wand und die Ecke; sie mußte wohl am Fenster sitzen. Bloß die Wand mit ihrer Reihe von starr dreinblickenden Fotografien: Casals, Piatigorsky, der Mann, den sie zu Hause am liebsten gehabt hatte, Heifetz – dazwischen steckten ein paar Valentine- und Weihnachtskarten. In der Nähe hing das ›Morgenröte‹ genannte Bild mit der barfüßigen Frau, die eine Rose in der Hand hielt, und der schäbige rosa Papierhut, den sie letztes Neujahr bei der Party bekommen hatte, war darüber gestülpt.

Die Musik schwoll zu einem Crescendo an und endete mit ein

paar raschen Bogenstrichen. Ach je, der letzte war um einen halben Ton danebengerutscht. Poldi …

Er richtete sich schnell auf, und ehe das Üben seinen Fortgang nehmen konnte, klopfte er an die Tür.

»Wer ist da?«

»Ich … Ha … Hans.«

»Gut. Du kannst reinkommen!«

Sie saß im blasser werdenden Licht des Hoffensters. Die Beine hatte sie kräftig gespreizt, um ihr Cello zu umklammern. Erwartungsvoll zog sie die Augenbrauen in die Höhe und ließ den Bogen auf den Fußboden fallen.

Sein Blick heftete sich auf das Regengetröpfel auf der Fensterscheibe. »Ich … ich wollte bloß vorbeikommen und Ihnen das neue Schlagerlied zeigen, das wir heute abend spielen. Das Lied, das Sie mir vorgeschlagen haben.«

Sie zupfte an ihrem Rock, der über ihre aufgerollten Strümpfe hinaufgerutscht war, und die Bewegung zog seine Blicke an. Die Waden ihrer Beine quollen hervor, und in dem einen Strumpf war eine kurze Laufmasche. Die Pickel auf seiner Stirn verfärbten sich dunkel, und verstohlen spähte er wieder in den Regen hinaus.

»Hast du mich draußen üben gehört?«

»Ja.«

»Sag bitte, Hans – klang es vergeistigt? Sang es und trug es dich in höhere Sphären?«

Ihr Gesicht war gerötet, und ein Schweißtropfen sickerte die kleine Spalte zwischen ihren Brüsten hinunter, ehe er unter dem Ausschnitt ihres Kleides verschwand. »Ja – doch.«

»Ich glaube es auch. Mein Spiel hat sich, glaube ich, in den letzten Monaten sehr vertieft.« Ihre Schultern hoben sich überschwenglich. »Das tut mir das Leben an. Es geschieht jedesmal, wenn etwas dergleichen auftaucht. Aber so wie jetzt ist es noch nie gewesen. Erst, nachdem man gelitten hat, kann man spielen.«

»So heißt es jedenfalls immer.«

Sie blickte ihn einen Augenblick an, als erwarte sie eine stärkere Bestätigung, dann ließ sie die Mundwinkel verdrießlich sinken. »Der *Wolf* macht mich noch verrückt, Hans. Du kennst doch das Fauré-Stück – in E – well, das bringt den Ton wieder und wieder und treibt mich fast in den Suff. Ich fange an, mich vor dem E zu fürchten – es hebt sich so fürchterlich ab.«

»Können Sie es nicht verschieben lassen?«
»Ja, aber das nächste Stück, das ich einstudiere, wäre wahrscheinlich in jener Tonart. Nein, das würde nichts nützen. Außerdem kostet es was, und ich müßte ihnen mein Cello für ein paar Tage überlassen, und worauf soll ich dann üben? Worauf, frage ich dich?«
Wenn er erst Geld verdiente, konnte er ihr ... »Mir ist es nicht so aufgefallen!«
»Ich finde, es ist eine elende Schande! Leute, die furchtbar schlecht spielen, dürfen ein gutes Cello besitzen, und ich kann nicht mal ein halbwegs anständiges haben! Es ist nicht recht, daß ich mich mit so einem *Wolf* herumschlagen muß! Es schadet meinem Spiel – das kann dir jeder bestätigen. Wie soll ich einen guten Ton aus dieser Käsekiste herausholen?«
Eine Phrase aus einer Sonate, die er gerade lernte, verwob sich mit seinen Gedanken. »Poldi ...« Was hatte er sagen wollen? *Ich liebe dich, liebe dich.*
»Und wofür mach ich mir überhaupt all die Mühe? Für den lausigen Job, den wir haben?« Mit einer theatralischen Geste stand sie auf und stellte ihr Instrument in die Zimmerecke. Als sie die Lampe anknipste, warf der helle Lichtkreis Schatten, die den Kurven ihres Körpers folgten.
»Denk dir, Hans, ich bin so nervös, daß ich schreien könnte!«
Der Regen peitschte gegen die Scheiben. Er rieb sich die Stirn und beobachtete sie, wie sie im Zimmer auf und ab ging. Auf einmal gewahrte sie die Laufmasche in ihrem Strumpf, und mit einem ärgerlichen Pffft! spuckte sie auf die Fingerspitze und beugte sich vor, um die Feuchtigkeit auf den Anfang der Laufmasche zu drücken.
»Kein Mensch hat soviel Ärger mit seinen Strümpfen wie die Cellistinnen. Und wofür? Ein Hotelzimmer und fünf Dollar, und dafür muß man jeden Abend der Woche drei Stunden lang Kitsch spielen. Jeden Monat muß ich mir ein Paar Strümpfe kaufen. Und wenn ich abends bloß die Füßlinge durchspüle, laufen die Maschen von den Rändern abwärts.«
Sie riß ein Paar Strümpfe herunter, die neben einem Büstenhalter im Fenster hingen, und nachdem sie die alten Strümpfe heruntergerollt hatte, begann sie die frischen anzuziehen. Ihre Beine waren weiß und mit dunklen Härchen übersprenkelt. Nah bei den Knien hatte sie blaue Adern. »Verzeih – es macht

dir doch nichts aus, was? Du kommst mir wie mein kleiner Bruder zu Hause vor. Und wir werden rausgeworfen, wenn wir beim Spielen zerrissene Strümpfe tragen.«

Er stand am Fenster und blickte in den Regen hinaus, der die Mauer des gegenüberliegenden Gebäudes verschwommen erscheinen ließ. Ihm genau gegenüber standen auf einem Fenstersims eine Milchflasche und eine Büchse Majonäse. Weiter unten hatte jemand Wäsche zum Trocknen hinausgehängt und vergessen, sie hereinzuholen; sie klatschte trübselig in Regen und Wind. Ein kleiner Bruder – o Gott!

»Und die Kleider!« fuhr sie ungeduldig fort. »Die ganze Zeit platzen die Säume auf, weil man die Knie auseinanderreißen muß. Aber damit ist es jetzt besser als früher. Hast du mich schon gekannt, als alle in Miniröckchen herumliefen und ich solche Mühe hatte, anständig auszusehen und mich doch modern zu kleiden? Hast du mich da gekannt?«

»Nein«, antwortete Hans. »Vor zwei Jahren waren die Kleider ungefähr so wie jetzt.«

»Ja, vor zwei Jahren haben wir uns zum erstenmal gesehen, nicht wahr?«

»Sie waren mit Harry zusammen, nach dem Kon . . .«

»Denk mal, Hans!« Sie lehnte sich vor und blickte ihn eindringlich an. »Den ganzen Tag bin ich beinah verrückt gewesen. Seinetwegen, verstehst du?«

»Wegen . . . wem?«

»Du verstehst schon . . . wegen ihm, Kurt! Und wie er mich liebt, Hans. Findest du nicht auch?«

»Well, aber Poldi . . . wie oft haben Sie ihn gesehen? Sie kennen sich doch kaum!« Bei den Levins hatte er sich von ihr abgewandt, als sie sein Spiel lobte und . . .

»Oh, was hat das schon zu sagen, daß ich ihn bloß dreimal gesehen habe! Ich sollte es bedauern. Aber der Ausdruck in seinen Augen und die Art, wie er über mein Spiel sprach! Was für eine feine Seele er hat! In seinem Spiel verrät es sich. Hast du den Trauermarsch von Beethoven jemals so gut spielen gehört, wie er es an jenem Abend tat?«

»Es war gut . . .«

»Er sagte zu Mrs. Levin, mein Spiel sei so temperamentvoll.«

Er konnte sie nicht ansehen; seine grauen Augen blieben am Regen haften.

»So gemütvoll ist er! Ein Edelmensch! Aber was kann ich tun? Nicht wahr, Hans?«
»Ich weiß es auch nicht.«
»Mach nicht so ein brummiges Gesicht! Was würdest du tun?«
Er versuchte zu lächeln. »Haben ... haben Sie von ihm gehört? Hat er Sie angerufen oder Ihnen geschrieben?«
»Nein – aber ich bin sicher, daß er's nur aus Taktgefühl nicht getan hat. Er möchte nicht, daß ich mich beleidigt fühle oder ihn abweise.«
»Ist er nicht mit Mrs. Levins Tochter verlobt, um im Frühling zu heiraten?«
»Ja, aber das war ein Fehler! Was soll er mit einer Kuh wie der?«
»Aber Poldi ...«
Sie strich sich die Haare auf dem Hinterkopf glatt und hielt die Arme über den Kopf, so daß ihre dicken Brüste sich straff abzeichneten und die Muskeln ihrer Unterarme sich unter der dünnen Seide ihres Kleides strammten. »Bei seinem Konzert hatte ich nämlich ein Gefühl, als spiele er nur für mich allein. Jedesmal, wenn er sich verbeugte, schaute er mich an. Deshalb hat er meinen Brief nicht beantwortet – er fürchtet, er könne jemand kränken, und außerdem kann er mir jederzeit mit seiner Musik sagen, was er empfindet.«
Hans schluckte, und der Adamsapfel an seinem dünnen Hals hüpfte auf und ab. »Sie haben ihm geschrieben?«
»Ich mußte! Eine Künstlerin kann das Höchste, was sie empfindet, nicht unterdrücken.«
»Was haben Sie ihm geschrieben?«
»Ich habe ihm gesagt, wie sehr ich ihn liebe – das war vor zehn Tagen, eine Woche nachdem ich ihn bei den Levins zum erstenmal gesehen habe.«
»Und seither haben Sie nichts gehört?«
»Nein. Aber verstehst du nicht, was er empfindet? Ich wußte, daß es so sein würde, deshalb habe ich ihm gestern noch einen Brief geschrieben und gesagt, er solle sich nicht sorgen, ich würde immer die gleiche bleiben.«
Hans fuhr sich mit seinen schlanken Fingern unsicher über den Haaransatz. »Aber Poldi – da waren doch schon so viele andre – seit ich Sie kennengelernt habe?« Er erhob sich und legte den Finger auf die Fotografie neben Casals.

Das Gesicht lächelte ihm zu. Die Lippen waren dick, darüber lag ein dunkler Schnurrbart. Auf dem Hals war ein kleines rundes Muttermal. Vor zwei Jahren hatte sie es ihm so oft gezeigt und jedesmal gesagt, daß die Sehne, gegen die seine Geige drückte, immer ein zorniges Rot annahm. Und daß sie dann mit ihren Fingern darüberstrich. Wie sie es Violinisten-Pech genannt hatte und wie es, wenn sie unter sich waren, einfach zu seinem Listen-Pech wurde. Ein paar Augenblicke starrte er auf den undeutlichen Fleck auf der Fotografie und fragte sich im stillen, ob er mitfotografiert worden war oder einfach eine schmutzige Stelle, weil sie so unzählige Mal darauf hingedeutet hatte.

Die Augen starrten ihn scharf und düster an. Ihm wurde weich in den Knien; er setzte sich wieder hin.

»Sag doch, Hans, er ist verliebt – glaubst du nicht auch? Glaubst du wirklich, daß er mich liebt und nur abwartet, bis er meint, die rechte Zeit für eine Antwort sei gekommen – glaubst du das?«

Ein feiner Schleier schien alles im Zimmer zu bedecken. »Ja«, sagte er langsam.

Ihr Ausdruck veränderte sich. »Hans!«

Er beugte sich vor. Er zitterte.

»Du siehst so – komisch aus! Deine Nasenspitze wackelt, und deine Lippen zittern, als wolltest du weinen. Was ...«

Poldi ...

Helles Gelächter unterbrach ihre Frage. »Du siehst wie eine komische kleine Katze aus, die mein Papa früher hatte.«

Er trat rasch ans Fenster, so daß sein Gesicht ihr nicht mehr zugewandt war. Der Regen schlitterte noch immer silberig die Scheiben hinunter und machte sie halb undurchsichtig. Im nächsten Haus brannten die Lampen; sie schimmerten sanft durch das graue Zwielicht. Ach! Hans biß sich auf die Lippen. In einem Fenster sah er etwas, das wie – wie eine Frau aussah: Poldi in den Armen eines großen Mannes mit dunklem Haar. Und auf dem Fensterbrett gegenüber, zwischen der Milchflasche und der Büchse Majonäse, saß eine kleine gelbe Katze draußen im Regen und schaute hinein. Mit harten Knöcheln rieb sich Hans langsam über die Augenlider.

Wer hat den Wind gesehen?

Den ganzen Nachmittag hatte Ken Harris vor dem leeren Blatt in seiner Schreibmaschine gesessen. Es war Winter; draußen schneite es. Der Schnee dämpfte den Straßenlärm, und die kleine Wohnung in Greenwich Village war so still, daß ihn das Ticken des Weckers störte. Er arbeitete im Schlafzimmer, da ihn der Raum mit den Sachen seiner Frau beruhigte, weil er sich hier weniger einsam fühlte. Den Drink vor dem Essen zum Appetitanregen – oder war es ein Augenöffner gewesen? – hatte er durch eine Büchse *Chilli con carne* neutralisiert, die er allein in der Küche gegessen hatte.

Um vier Uhr steckte er den Wecker in den Wäschekorb und setzte sich dann wieder vor die Schreibmaschine. Das Papier war immer noch unbeschrieben, und das weiße leere Blatt leerte all seinen Verstand. Und doch hatte es einst eine Zeit gegeben (wie lange war das her?), da ein Lied an der Straßenecke, eine Stimme aus der Kinderzeit und der Rundblick der Erinnerung die Vergangenheit verdichtete, so daß Zufälliges und Tatsächliches in einen Roman, in eine Erzählung umgewandelt wurden –, und es hatte einst eine Zeit gegeben, da das leere Blatt die Erinnerungen heraufbeschwor und sichtete und er die geisterhafte Schaffenskraft seiner Kunst verspürte. Kurz gesagt, eine Zeit, als er ein Schriftsteller war und fast jeden Tag schrieb. Er arbeitete angestrengt, brach langen Sätzen achtsam den Rücken, strich häßliche Ausdrücke durch und änderte Wörter, die sich wiederholten.

Jetzt saß er da, geduckt und irgendwie von Ängsten erfüllt, ein blonder Mann Ende der Dreißig mit Ringen unter den austernblauen Augen und mit einem üppigen, blassen Mund. An den sengenden Wind seines Kinderlandes Texas dachte er, als er aus seinem Fenster auf den niedersinkenden New Yorker Schnee blickte. Dann plötzlich tat sich in seinem Gedächtnis ein Ventil auf, und er sprach die Worte laut vor sich hin, während er sie tippte:

Wer hat den Wind gesehen?
Weder ich noch du, mein Kind.
Doch wenn die Bäume sich neigen,
dann zieht er vorbei, der Wind.

Der Kinderreim schien ihm so unheilvoll, daß ihm, während er darüber nachsann, vor nervösem Schweiß die Handflächen feucht wurden. Er zerrte die Seite aus der Maschine, zerriß sie in viele Fetzen und ließ sie in den Papierkorb fallen. Es erleichterte ihn, daß er um sechs zu einer Gesellschaft gehen mußte, und er war froh, die stumme Wohnung und den zerrissenen Vers hinter sich zu lassen und durch die kalten, aber trostvollen Straßen zu gehen.

In der Untergrundbahn herrschte das trübe Licht des ›Unter-Tag-Seins‹, und nach dem Schneeduft war die Luft dort fötal. Ken bemerkte einen Mann, der auf einer Bank lag, aber er stellte keine Vermutungen über die Geschichte des Fremdlings an, wie er es sonst vielleicht getan hätte. Er beobachtete die schwankenden Wagen des sich nähernden Expreßzuges und schreckte vor dem stählernen Lufthauch zurück. Er sah, wie die Türen sich öffneten und sich schlossen – es war sein Zug –, und starrte verloren drein, als die Untergrundbahn geräuschvoll davonrasselte. Trauer fraß an ihm, während er auf die nächste wartete.

Rodgers Wohnung befand sich in einem *penthouse* weit oben in der City, und die Party hatte schon angefangen. Es herrschte ein Durcheinander und Stimmengewirr, und es roch nach Gin und Appetitbissen. Während er neben Esther am Eingang zu den überfüllten Räumen stand, sagte er:

»Wenn ich neuerdings in eine große Party komme, muß ich an die letzte Gesellschaft des Duc de Guermantes denken.«

»Wie bitte?« sagte Esther.

»Erinnern Sie sich nicht, wie Proust – das Ich, der Erzähler – in all die vertrauten Gesichter blickt und über die Veränderungen durch die Zeit nachgrübelt? Eine herrliche Stelle – ich lese sie jedes Jahr.«

Esther sah verwirrt aus. »Es ist so laut. Kommt Ihre Frau auch?«

Kens Gesicht zuckte ein wenig; er nahm von dem Martini, den das Mädchen herumreichte. »Sie kommt, sobald sie ihr Büro verlassen kann.«

»Marian arbeitet so angestrengt – all die Manuskripte, die sie lesen muß!«

»Wenn ich mich auf einer Party wie der hier befinde, ist's immer fast genau dasselbe. Und doch ist der furchtbare Unterschied da. Als wäre die Tonart erniedrigt, verschoben. Der furchtbare Unterschied der Jahre, die vorbeiziehen, das Betrügerische, Grauenhafte der Zeit, Proust ...«

Aber die Hausfrau hatte sich entfernt, und er stand allein in den überfüllten Gesellschaftsräumen. Er blickte auf Gesichter, die er in den letzten dreizehn Jahren bei Gesellschaften gesehen hatte – ja, sie waren alle gealtert. Esther war jetzt richtig dick, und ihr Samtkleid war zu eng; verkommen sah sie aus, fand er, und vom Whisky aufgeschwemmt. Es war eine Veränderung da ... vor dreizehn Jahren, als er *The Night of Darkness* herausgebracht hatte, war Esther ganz versessen auf ihn und hätte ihn nie allein am Rande der Party stehen lassen. Damals war er der verwöhnte Liebling gewesen. Der verwöhnte Liebling der feilen Fortuna – hieß die feile Fortuna: Erfolg, Geld, Jugend? Er sah zwei junge Schriftsteller am Fenster stehen – und in zehn Jahren würde ihr Kapital an Jugend von der feilen Fortuna wieder eingefordert werden. Der Gedanke machte Ken Spaß, und er aß ein Schinkenbrötchen, das ihm angeboten wurde.

Dann sah er hinten im Zimmer jemand, den er sehr bewunderte. Es war Mabel Goodley, die Malerin und Bühenbildnerin. Ihr blondes Haar war kurz und leuchtend, und ihre Brille glitzerte im Licht. Mabel hatte *The Night of Darkness* immer geliebt, und als er sein Guggenheim-Stipendium bekam, hatte sie eine Gesellschaft für ihn gegeben. Und, was wichtiger war: sie hatte gefunden, sein zweites Buch sei besser als das erste – trotz aller dummen Kritiken. Er wollte auf Mabel zugehen, wurde aber von John Howards aufgehalten, einem Verleger, den er manchmal bei Gesellschaften traf.

»Hei«, rief Howards, »was schreiben Sie jetzt Schönes? Oder ist die Frage nicht erlaubt?«

Es war eine Redensart, die Ken verabscheute. Eine Menge Antworten waren möglich: manchmal sagte er, daß er einen langen Roman beende, ein andermal, daß er absichtlich eine Pause einschalte. Eine gute Antwort gab es nicht, einerlei, was man sagte. Sein Magen krampfte sich zusammen, und er bemühte sich verzweifelt, unbekümmert auszusehen.

»Ich erinnere mich noch gut an das Aufsehen, das *The Doorless Room* damals in der literarischen Welt erregte: ein gutes Buch!«

Howards war groß; er trug einen braunen Tweedanzug. Ken blickte entgeistert zu ihm auf und wappnete sich gegen einen so unerwarteten Angriff. Doch die braunen Augen blickten merkwürdig unschuldig, und Ken konnte keine Bosheit in ihnen entdecken.

Eine Frau mit eng um den Hals geschlungenen Perlen sagte nach einer peinlichen Sekunde: »Aber Schatz, Mr. Harris hat gar nicht *The Doorless Room* geschrieben!«

»Oh«, sagte Howards hilflos.

Ken blickte auf die Perlen der Frau und hätte sie am liebsten erwürgt. »Es ist doch vollkommen gleichgültig.«

Der Verleger ließ sich nicht davon abbringen und wollte es wieder gutmachen. »Aber Sie heißen doch Ken Harris? Und Sie sind mit Marian Campbell verheiratet, die als Literaturredakteurin bei . . .«

Die Frau sagte schnell: »Ken Harris hat *The Night of Darkness* geschrieben, ein sehr gutes Buch.«

Harris fand, daß der Hals der Frau mit den Perlen und dem schwarzen Kleid sehr schön aussähe. Sein Gesicht hellte sich auf – bis sie sagte: »Es war vor etwa zehn oder fünfzehn Jahren, nicht wahr?«

»Ich erinnere mich«, sagte der Verleger. »Ein sehr gutes Buch! Wie konnte ich's nur verwechseln! Und wann dürfen wir uns auf ein zweites Buch freuen?«

»Das zweite Buch ist schon erschienen«, sagte Ken. »Es ging sang- und klanglos unter. Ein Versager.« Er rechtfertigte sich: »Die Kritiker waren noch stumpfsinniger als üblich! Ich bin kein Bestsellerfabrikant!«

»Das war schade«, sagte der Verleger. »Manchmal ist's ein Berufsleiden.«

»Das zweite Buch war besser als *The Night of Darkness*. Manche Kritiker sagten, es sei unverständlich. Das gleiche haben sie von Joyce gesagt.« Mit der Treue des Schriftstellers zu seiner jüngsten Schöpfung schloß er: »Es ist ein viel besseres Buch als das erste, und ich bin der Überzeugung, daß ich erst am Anfang meines eigentlichen Schaffens stehe.«

»Das ist die richtige Einstellung«, sagte der Verleger. »Haupt-

sache, daß man unablässig weiterschuftet. Woran arbeiten Sie jetzt gerade, falls die Frage erlaubt ist?«
Jäh stieg die Wut in ihm auf. »Das geht Sie nichts an!« Ken hatte nicht sehr laut gesprochen, doch die Worte waren vernehmbar, und im Cocktailzimmer bildete sich plötzlich ein Kreis aus Schweigen. »Das geht Sie einen verdammten Dreck an.«
Durch das ruhige Zimmer drang die Stimme der alten Mrs. Beckstein, die taub war und auf einem Eckstuhl saß. »Warum kaufen Sie so viel Steppdecken?«
Die unverheiratete Tochter, die immer bei ihrer Mutter war und sie wie eine Fürstlichkeit oder ein heiliges Tier behütete und zwischen ihrer Mutter und der Welt vermittelte, erklärte laut: »Mrs. Brown hat gesagt . . .«
Das Geplätscher der Party hob wieder an, und Ken trat an den Tisch mit den Drinks, nahm sich noch einen Martini und tauchte ein Stückchen Blumenkohl in irgendeine Soße. Während er aß und trank, hatte er dem lauten Zimmer den Rücken gekehrt. Dann nahm er einen dritten Martini und bahnte sich einen Weg zu Mabel Goodley. Er setzte sich neben sie auf den Diwan, gab auf den Drink acht und tat zuerst etwas förmlich.
»Was für ein anstrengender Tag es war!« sagte er.
»Was hast du gemacht?«
»Auf dem Hintern gesessen.«
»Ein Schriftsteller, mit dem ich früher bekannt war, bekam Kreuzbeinerkrankung von zu langem Sitzen. Könnte dir so was passieren?«
»Nein«, erwiderte er. »Du bist der einzige ehrliche Mensch in dem Zimmer hier!«

Er hatte so vielerlei versucht, als es mit den leeren Seiten losging. Er hatte versucht, im Bett zu schreiben, und eine Zeitlang hatte er zuerst mit der Hand geschrieben, anstatt gleich mit der Maschine. Er hatte an Proust und sein mit Kork abgedichtetes Zimmer gedacht, und einen Monat lang hatte er Ohrenstöpsel benutzt, aber die Arbeit rückte deshalb nicht rascher voran, und der Gummi rief eine krankhafte Geschwulst hervor. Dann waren sie nach Brooklyn Heights gezogen, doch es hatte nichts genützt.
Als er erfuhr, daß Thomas Wolfe im Stehen geschrieben und

sein Manuskript oben auf den Eisschrank gelegt habe, da hatte er sogar das versucht. Doch er machte nur dauernd den Eisschrank auf und aß etwas. Er hatte versucht, in der Trunkenheit zu schreiben, wenn die Gedanken und die Bilder wunderbar waren, solange man sie niederschrieb; wenn man sie jedoch später überlas, veränderten sie sich auf traurige Art. Er hatte sehr früh am Morgen geschrieben, und wenn er stocknüchtern und todunglücklich war. Er hatte an Thoreau und Walden gedacht. Er hatte von praktischer Betätigung und von einer Apfelfarm geträumt. Wenn er lange Spaziergänge über die Heide machen könnte, würde vielleicht das Licht der Schaffenskraft wieder aufflammen – aber wo war die Heidelandschaft New Yorks?

Er tröstete sich mit den Schriftstellern, die keine Anerkennung gefunden hatten, sondern erst nach ihrem Tode berühmt wurden. Als er zwanzig war, erträumte er sich's, mit dreißig zu sterben, und nach seinem Tode sollte sein Name hell erstrahlen. Als er fünfundzwanzig war und *The Night of Darkness* beendet hatte, erträumte er sich's, als Berühmtheit zu sterben, ein Superschriftsteller, der mit fünfunddreißig Jahren ein *œuvre* geschaffen hat und auf dem Sterbebett den Nobelpreis erhält. Doch jetzt, da er beinahe vierzig war und zwei Bücher veröffentlicht hatte, von denen eins ein Erfolg und das andere ein Versager war, sann er nicht mehr über seinen Tod nach.

»Ich möchte mal wissen, warum ich überhaupt noch schreibe«, sagte er. »Es ist ein Leben voller Enttäuschungen.«

Er hatte irgendwie erwartet, daß Mabel, seine Freundin, entgegnen würde, er sei der geborene Schriftsteller, und daß sie ihn vielleicht an seine Pflicht gegenüber seinem Talent erinnern oder vielleicht sogar das Wort Genie gebrauchen würde, jenes Zauberwort, das Ungemach und äußeres Versagen in schmerzlichen Ruhm verwandelt. Doch Mabels Antwort erschreckte ihn.

»Ich glaube, mit dem Schreiben ist es wie mit dem Theater. Wenn man einmal zu schreiben oder zu spielen begonnen hat, dann steckt es einem im Blut.«

Er verachtete Schauspieler: sie waren eitel und affektiert und stets stellenlos. »Ich sehe die Schauspielkunst nicht als schöpferische, sondern nur als vermittelnde Kunst an. Der Schriftsteller dagegen muß ›den Phantomfelsen‹ behauen ..«

Er sah seine Frau aus dem Vorflur kommen. Marian war groß und schlank und hatte gerade, kurze schwarze Haare; sie trug ein einfaches schwarzes Kleid – ein nach Büro aussehendes Kleid – ohne jeglichen Schmuck. Sie hatten vor dreizehn Jahren geheiratet – im gleichen Jahr, in dem *The Night of Darkness* erschienen war, und lange Zeit hatte er vor Liebe gezittert. Es gab Zeiten, da hatte er Marian mit dem ekstatischen Staunen des Liebenden erwartet, und mit süßem Schauder, wenn er sie endlich sah. Es waren die Zeiten, in denen sie einander fast jede Nacht und oft auch am frühen Morgen in den Armen lagen. Im ersten Jahr war sie sogar hin und wieder während der Mittagspause vom Büro nach Hause gegangen, und sie hatten sich im hellen City-Tageslicht geliebt.

Endlich war ihr Verlangen zur Ruhe gekommen, und sein Körper mußte nicht mehr vor Liebe erzittern. Er arbeitete an seinem zweiten Buch, und es ging nur schwer voran. Dann hatte er das Guggenheim-Stipendium bekommen, und sie waren nach Mexiko gefahren, denn in Europa war Krieg. Sein Buch ließ er im Stich, und obwohl die frohe Erregung über den Erfolg noch anhielt, war er nicht zufrieden. Er wollte schreiben, schreiben, schreiben – aber Monat um Monat verstrich, und er schrieb nichts.
Marian sagte, er tränke zuviel und vertrödele die Zeit, und er warf ihr ein Glas Rum ins Gesicht. Dann kniete er vor ihr nieder und weinte. Er war zum erstenmal in einem fremden Land, und die Zeit war von ganz absolutem Wert, weil es eben ein fremdes Land war. Er wollte vom Blau der Mittagshimmel schreiben, von den Schatten Mexikos, von der wasserklaren Bergluft. Aber ein Tag folgte dem andern, stets Tage von Wert, weil in einem fremden Land – und er schrieb nichts.
Sogar Spanisch lernte er nicht, und es ärgerte ihn, wenn Marian mit dem Koch und andern Mexikanern sprechen konnte. (Für Frauen war es leichter, sich eine fremde Sprache anzueignen, und außerdem konnte sie Französisch.) Und gerade weil das Leben in Mexiko so billig war, wurde es teuer. Er gab das Geld so leicht wie Trickgeld oder Theatergeld aus, und der Guggenheim-Scheck war meistens schon im voraus verbraucht.
Doch er lebte in einem fremden Land, und über kurz oder lang mußten sich die Tage in Mexiko für ihn als Schriftsteller von wirklichem Wert erweisen.

Dann geschah nach acht Monaten etwas Seltsames: fast ohne ihn vorher zu benachrichtigen, nahm Marian ein Flugzeug nach New York. Er mußte sein Guggenheim-Jahr unterbrechen und ihr folgen. Und dann wollte sie nicht mit ihm zusammenleben und ihn nicht in ihre Wohnung lassen. Sie sagte, es sei so, als wollte man mit zwanzig römischen Kaisern, zu einem einzigen verbacken, zusammenleben, und das hätte sie satt. Marian erhielt eine Stelle als literarische Hilfsredakteurin bei einer Modezeitschrift, und er hauste in einer Wohnung ohne Warmwasser: ihre Ehe war ein Reinfall, und sie lebten getrennt, obwohl er noch immer versuchte, ihr nachzulaufen. Die Guggenheim-Leute wollten sein Stipendium nicht erneuern, und bald war auch die Anzahlung auf das zweite Buch verbraucht.

In jene Zeit ungefähr fiel ein Morgen, den er niemals vergessen würde, obwohl nichts, rein gar nichts geschehen war. Es war ein sonniger Herbsttag, und der Himmel stand klar und grün über den Wolkenkratzern. Er war zum Frühstück in eine Cafeteria gegangen und saß am hellen Fenster. Die Leute auf der Straße gingen rasch vorbei, alle gingen irgendwohin. In der Cafeteria herrschte die übliche Frühstückshetze, das Klappern von Tabletts und der Lärm vieler Stimmen. Menschen kamen herein und aßen und gingen weg, und jeder schien so zuversichtlich und seines Ziels so gewiß zu sein.

Sie schienen ein Ziel als selbstverständlich vorauszusetzen, ein Ziel, das nicht nur die Routine ihres Berufslebens und ihrer Verabredungen war. Obwohl die meisten Leute allein kamen, schien doch jeder irgendwie ein Teil des andern zu sein, ein Teil der klaren, herbstlichen Stadt, während er allein abgesondert schien, eine isolierte Ziffer im Muster der zielbewußten City.

Sonnenschein glasierte seine Marmelade, und er strich sie auf ein Stück Toast, aß es aber nicht. Der Kaffee hatte einen bläulichen Schimmer, und am Rande der Tasse entdeckte er eine blasse Spur von altem Lippenstift. Es war eine Stunde voller Trostlosigkeit, obwohl überhaupt nichts geschah.

Jetzt, viele Jahre später, bei der Cocktailparty, erinnerten ihn der Lärm und die Zuversicht der andern und seine eigene Isoliertheit an das Frühstück in der Cafeteria, und wegen des unaufhaltsamen Dahingleitens der Zeit war diese Stunde noch trostloser.

»Da ist Marian«, sagte Mabel. »Sie sieht müde aus, und magerer!«
»Hätten die verdammten Guggenheim-Leute mein Stipendium erneuert, dann könnte ich Marian ein Jahr nach Europa führen«, sagte er. »Die verdammten Guggenheim-Leute! Schriftstellern geben sie überhaupt keine Stipendien mehr. Bloß Physikern – Menschen, die einen neuen Krieg vorbereiten.«
Der Krieg war für Ken eine Erlösung gewesen. Er war froh, das Buch im Stich zu lassen, mit dem er nur mühsam vorankam, und erleichtert, daß er sich von seinem ›Phantomfelsen‹ ab- und den allgemeinen Erlebnissen zuwenden konnte – denn bestimmt war der Krieg das große Erlebnis seiner Generation. Er absolvierte die Offiziersschule, und als Marian ihn in seiner Uniform sah, weinte sie und liebte ihn – und von Scheidung war nicht wieder die Rede. Während seines letzten Urlaubs liebten sie sich so häufig wie während der ersten Monate ihrer Ehe.

In England regnete es jeden Tag, und einmal lud ihn ein Lord auf sein Schloß ein. Am D-Tag setzte er mit seinem Bataillon über den Kanal, und dann rückten sie dauernd vor, bis nach Schmitz. Im Keller einer in Trümmern liegenden Stadt sah er eine Katze, die das Gesicht eines Leichnams beschnupperte. Er fürchtete sich, doch es war nicht das nackte Entsetzen wie in der Cafeteria oder die Angst vor dem leeren Blatt auf der Schreibmaschine. Immer geschah irgend etwas: im Schornstein eines Bauernhauses fand er drei westfälische Schinken, und bei einem Autounfall brach er sich einen Arm.
Der Krieg war das große Erlebnis seiner Generation: für einen Schriftsteller besaß jeder Tag einen absoluten Wert, weil es eben Krieg war. Doch als der Krieg vorbei war, worüber konnte man da schreiben? Über die Katze und den Leichnam, über den Lord in England, den gebrochenen Arm?
In der Wohnung in Greenwich Village setzte er sich wieder hinter das Buch, das er so lange vernachlässigt hatte. Eine Zeitlang empfand er in jenem Jahr nach dem Krieg das Hochgefühl des Schriftstellers, wenn er etwas geschrieben hat. Eine Zeitlang – als die Stimme der Kindheit, als ein Lied an der Straßenecke, als alles sich zusammenfügte. In der seltsamen Glücksstimmung seiner einsamen Arbeit war die Welt eins ge-

worden. Er schrieb über eine andere Zeit, einen anderen Ort. Er schrieb von seiner Jugend in der windigen, griesigen Stadt in Texas, die seine Vaterstadt war.

Er schrieb von der Auflehnung der Jugend und von der Sehnsucht nach strahlenden Städten, vom Heimweh nach einer Gegend, die er nie gesehen hatte. Während er *One Summer Evening* schrieb, lebte er in einer Wohnung in New York, doch sein eigentliches Leben spielte sich in Texas ab, und die Entfernung war eine schlimmere als nur eine räumliche: es war die traurige Entfernung zwischen den mittleren Jahren und der Jugend. Solange er sein Buch schrieb, war er also aufgespalten zwischen zwei Wirklichkeiten: seinem New Yorker Alltagsleben und der Erinnerung an die Jugendakkorde in Texas.

Als das Buch veröffentlicht wurde und die Besprechungen nachlässig oder unfreundlich waren, wurde er gut damit fertig, wie er meinte – bis sich die Tage der Vereinsamung aneinanderreihten und das Entsetzen begann. Zu jener Zeit machte er seltsame Sachen. Einmal hatte er sich im Badezimmer eingeschlossen und stand da und hielt in der Hand eine Flasche mit Lysol, stand einfach da und hielt das Lysol und zitterte und war entsetzt. Eine halbe Stunde stand er so da, bis er nach großer Überwindung das Lysol langsam ins Klosett goß. Dann legte er sich aufs Bett und weinte, und erst spät am Nachmittag schlief er ein.

Ein andermal saß er am offenen Fenster und ließ ein Dutzend leere Seiten Papier die sechs Stockwerke hinunter auf die Straße flattern. Der Wind blies die Seiten vor sich her, während er eine nach der andern fallen ließ, und er empfand eine seltsame Genugtuung, als er ihnen nachsah, wie sie davonschwebten. Es war weniger die Sinnlosigkeit seiner Handlungen als vielmehr die sie begleitende ungeheure Gespanntheit, die Ken davon überzeugte, daß er krank war.

Marian schlug vor, er solle zu einem Psychiater gehen, und er erwiderte, Psychiater seien eine Avantgarde-Mode geistigen Kitzels geworden. Dann hatte er gelacht, aber Marian hatte nicht gelacht, und sein einsames Lachen endete mit einem Angstfrösteln. Schließlich war's Marian, die zum Psychiater ging, und Ken war auf beide neidisch – auf den Arzt, weil er der Schiedsrichter ihrer unglücklichen Ehe war, und auf Marian, weil sie ruhiger war und er haltloser wurde. In jenem

Jahr schrieb er einige Fernsehstücke, verdiente ein paar tausend Dollar und kaufte Marian einen Leopardenmantel.
»Schreibst du noch Fernsehstücke?« fragte Mabel.
»Nein«, sagte er. »Ich gebe mir die größte Mühe, mein neues Buch in Gang zu bekommen. Du bist der einzige ehrliche Mensch in dem Zimmer hier. Mit dir kann ich reden.«
Er begann, durch den Alkohol aufgelockert und geborgen in ihrer Freundschaft (denn schließlich gehörte Mabel zu seinen liebsten Menschen), von seinem Buch zu sprechen, das er schon so lange zu schreiben versuchte. »Selbstbetrug ist das Hauptthema, und der Held ist ein Kleinstadtanwalt namens Winkle. Der Schauplatz ist Texas – meine Vaterstadt –, und die meisten Szenen spielen sich in dem schmuddeligen Amtszimmer des Gerichtsgebäudes ab. Zu Beginn des Buches sieht sich Winkle der folgenden Situation gegenüber ...« Ken entwickelte seine Fabel mit viel Begeisterung und erzählte von den verschiedenen Personen und von den mancherlei damit verknüpften Motivierungen.
Als Marian auf sie zutrat, sprach er noch immer, und er machte ihr ein Zeichen, ihn nicht zu unterbrechen, während er weitersprach und Mabel fest in die blauen Augen hinter den Brillengläsern blickte. Dann plötzlich überfiel ihn ein unheimliches Gefühl des *déjà-vu*. Es war ihm, als hätte er Mabel den Inhalt des Buches schon einmal erzählt, an der gleichen Stelle und unter den gleichen Umständen. Sogar die Art, wie der Vorhang sich bewegte, war die gleiche. Nur füllten sich Mabels blaue Augen hinter den Brillengläsern mit Tränen, und er war froh, daß sie so aufgewühlt war. »Da sah sich Winkle also zur Scheidung gezwungen ...« Seine Stimme schwankte. »Ich habe ein seltsames Gefühl, als hätte ich dir das schon mal erzählt.«
Mabel wartete einen Augenblick, und er schwieg. »Das stimmt, Ken«, sagte sie endlich. »Vor etwa fünf oder sechs Jahren, und bei einer Gesellschaft, die der heutigen sehr glich.«
Er konnte das Mitleid nicht ertragen, das in ihren Augen stand, und auch nicht die Beschämung, die seinen eigenen Körper erzittern ließ. Er torkelte hoch und stolperte über seinen Drink.
Nach dem Getöse im Cocktailzimmer wirkte die kleine Terrasse vollkommen lautlos. Bis auf den Wind, der das Gefühl von Verlassenheit und Einsamkeit noch vert·efte. Um über seine

Beschämung hinwegzukommen, sagte Ken laut etwas Zusammenhangloses: »Ach, was zum Kuckuck ...« und er lächelte vor hilfloser Angst. Aber seine Beschämung glomm noch nach, und er legte die kalte Hand auf seine heiße, pochende Stirn. Es schneite nicht mehr, doch der Wind jagte auf der weißen Terrasse flirrende Schneewirbel hoch.

Die Terrasse war etwa sechs Schritte lang, und Ken ging sehr langsam und beobachtete die unscharfen Fußstapfen seiner schmalen Schuhe. Warum beobachtete er die Fußstapfen so gespannt?

Und warum stand er hier allein auf der winterlichen Terrasse, über die das Licht aus dem Cocktailzimmer ein kränklich gelbes Rechteck auf den Schnee warf? Und die Fußstapfen? Am Ende der Terrasse befand sich in Gürtelhöhe ein kleines Geländer. Als er sich auf das Geländer stützte, wußte er gleich, daß es sehr wackelig war, und er spürte, daß *er gewußt hatte, wie wackelig es sein würde,* und doch stützte er sich noch länger darauf. Das *penthouse* lag im fünfzehnten Stock, und die Lichter der City glommen herauf. Er dachte, wenn er dem morschen Geländer einen einzigen Stoß gäbe, würde er fallen, doch er blieb ruhig und fühlte sich irgendwie geborgen und zufrieden.

Als ihn eine Stimme von der Terrasse her anrief, empfand er es als eine unentschuldbare Störung. Es war Marian, und sie rief leise: »Oh! Oh!« Nach einem Weilchen fuhr sie fort: »Ken, komm her! Was machst du da drüben?« Ken richtete sich auf. Als er wieder im Gleichgewicht war, gab er dem Geländer einen leichten Stoß. Es brach nicht. »Das Geländer hier ist altersschwach. Wahrscheinlich vom Schnee. Ich möchte mal wissen, wieviel Menschen hier schon Selbstmord begangen haben.«

»Wie viele?«

»Warum nicht? Es ist ganz einfach!«

»Komm da zurück!«

Sehr bedächtig trat er in die Fußstapfen, die er vorhin gemacht hatte. »Der Schnee muß einen Zoll hoch liegen!« Er bückte sich und untersuchte mit seinem Mittelfinger die Stärke der Schneeschicht. »Nein, zwei Zoll!«

»Ich friere!« Marian legte ihre Hand auf seinen Rücken, öffnete die Tür und steuerte ihn in die Gesellschaft hinein. Das

Zimmer war jetzt stiller, und die Leute gingen nach Hause. Im hellen Licht und nach der Dunkelheit draußen bemerkte Ken, wie müde Marian aussah. Ihre schwarzen Augen hatten einen vorwurfsvollen, zerquälten Blick. Ken konnte es nicht ertragen, sie anzusehen.
»Liebes, hast du wieder was mit deiner Stirnhöhle?«
Ihr Zeigefinger strich leicht über die Stirn und den Nasensattel. »Es macht mir solche Sorge, wenn du in diesen Zustand gerätst«, sagte sie.
»Zustand? Ich?«
»Komm, wir wollen uns anziehen und gehn!«
Doch er konnte den Ausdruck ihrer Augen nicht ertragen, und er haßte sie, weil sie angedeutet hatte, er sei betrunken. »Ich gehe nachher noch zu Jim Johnsons Party.«
Nach der Jagd auf die Mäntel und nach flüchtigem Abschied fuhr eine kleine Gruppe im Fahrstuhl nach unten und wartete dann auf dem Bürgersteig, um Taxis heranzupfeifen.
Sie besprachen ihr Fahrtziel, und Marian, der Verleger und Ken teilten sich in das erste Taxi, das citywärts fuhr. Kens Beschämung hatte sich etwas gemildert, und im Taxi fing er an, über Mabel zu sprechen.
»Wie traurig mit Mabel!« sagte er.
»Was meinst du?« fragte Marian.
»Alles. Sie zerfällt offensichtlich. Geht der Zerrüttung entgegen, das arme Ding!«
Marian behagte das Thema nicht, und sie fragte Howards: »Wollen wir durch den Park fahren? Es ist hübsch, wenn es schneit, und es geht auch schneller.«
»Ich fahre dann weiter zur Fifth und Fourteenth«, sagte Howards. Dem Fahrer rief er zu: »Bitte durch den Park!«
»Das Betrübliche ist eben, daß Mabel *passé* ist. Vor zehn Jahren war sie eine originelle Malerin und Bühnenbildnerin. Vielleicht ist's ein Versagen ihrer Phantasie, oder sie trinkt zuviel. Sie hat ihre Ehrlichkeit verloren und macht immer wieder das gleiche. Sie wiederholt sich ständig.«
»Unsinn«, sagte Marian. »Sie wird von Jahr zu Jahr besser und verdient haufenweise Geld.«

Sie fuhren durch den Park, und Ken blickte auf die Winterlandschaft. Der Schnee lag schwer auf den Parkbäumen, und hin und wieder, unter einem Windhauch, glitten Schneepolster von den Zweigen, obwohl die Bäume sich nicht neigten. Ken begann den alten Kinderreim vom Wind aufzusagen, und wieder riefen die Worte ein unheilvolles Echo hervor, und seine kalten Handflächen wurden feucht.

»An das Klimperliedchen hab ich seit Jahren nicht mehr gedacht«, sagte John Howards.

»Klimperliedchen? Es ist so aufwühlend wie Dostojewskij.«

»Ich erinnere mich, daß wir's im Kindergarten sangen. Und wenn ein Kind Geburtstag hatte, hing ein blaues oder rosa Band an seinem Stühlchen, und wir sangen alle *Happy Birthday!*«

John Howards kauerte eingezwängt vorne auf der Kante neben Marian. Es war schwierig, sich den großen, breitschultrigen Verleger vorzustellen, wie er vor vielen Jahren im Kindergarten gesungen hatte.

Ken fragte: »Wo stammen Sie her?«

»Aus Kalamazoo«, sagte Howards.

»Ich hab mich immer gefragt, ob es einen solchen Ort wirklich gibt.«

»Es hat ihn gegeben, und es gibt ihn noch«, sagte Howards. »Meine Familie siedelte dann, als ich zehn Jahre alt war, nach Detroit über.«

Wieder überfiel Ken ein befremdendes Gefühl, und er dachte, wie wenig sich manche Leute von der Kinderzeit bewahrt hätten, so daß die Erwähnung von Kindergartenstühlchen und von Familienumzug irgendwie absonderlich erscheint. Plötzlich hatte er einen Einfall für eine Geschichte, die von einem solchen Mann handelte – er würde sie *Der Mann im Tweed-Anzug* nennen –, und er sann stumm vor sich hin, während sich die Geschichte in seinem Geist unter einem kurzen Aufblitzen des alten Hochgefühls entfaltete, das er jetzt so selten hatte.

»Der Wettermann sagt, heute nacht sinkt's unter Null«, sagte Marian.

»Sie können mich hier absetzen«, sagte Howards zum Fahrer, öffnete sein Portemonnaie und gab Marian etwas Geld. »Danke fürs Mitnehmen, und hier ist mein Anteil«, sagte er lächelnd. »Es war sehr nett, Sie mal wiederzusehen! Lassen Sie uns bald mal zusammen zu Mittag essen, und bringen Sie Ihren Mann mit, falls ihm etwas daran liegt!« Nachdem er aus dem Taxi gestolpert war, rief er Ken zu: »Ich freu mich auf Ihr nächstes Buch, Harris!«

»Idiot«, sagte Ken, als das Taxi weiterfuhr. »Ich setze dich zu Hause ab und bleibe dann noch einen Augenblick bei Jim Johnson!«

»Wer ist das? Warum mußt du zu ihm?«

»'s ist ein Maler, den ich kenne, und ich bin eingeladen«, entgegnete Ken.

»Neuerdings machst du so viel Bekanntschaften«, sagte sie. »Mal gehst du zu einer Gruppe, und dann wechselst du zu einer andern über.«

Ken wußte, daß die Bemerkung zutreffend war, aber er konnte es nicht ändern. In den letzten paar Jahren verkehrte er so lange in einem bestimmten Kreis – er und Marian hatten schon längst getrennte Bekanntenkreise –, bis er sich betrank oder einen Auftritt verursachte, so daß ihm die ganze Umgebung unangenehm wurde und er sich ärgerte und unerwünscht vorkam.

Dann wechselte er zu einer andern Gruppe über, und bei jedem Wechsel war es ein Kreis, der weniger solide als der voraufgegangene war und schäbigere Wohnungen und billigere Drinks hatte. Jetzt ging er mit Freuden überallhin, wo er nur eingeladen wurde – zu Fremden, wo eine Stimme ihm vielleicht etwas geben und die schwache Stütze Alkohol ihm die zerrissenen Nerven besänftigen konnte.

»Ken, warum läßt du dir nicht helfen? Ich kann nicht so weitermachen!«

»Aber was ist denn los?«

»Das weißt du doch«, sagte sie. Er konnte es spüren, wie nervös und steif sie im Taxi saß. »Willst du wirklich noch zu einer andern Party gehen? Siehst du denn nicht ein, daß du dich zugrunde richtest? Warum hast du dich gegen das Geländer auf der Terrasse gelehnt? Begreifst du nicht, daß du – krank bist? Komm mit heim!«

Die Worte beunruhigten ihn, aber er konnte den Gedanken nicht ertragen, heute abend mit Marian heimzugehen. Er hatte ein Vorgefühl, daß etwas Schreckliches passieren könnte, wenn sie allein in der Wohnung wären, und sein Instinkt warnte ihn vor ungreifbarem Unheil.

Früher waren sie froh gewesen, wenn sie von einer Cocktailparty allein heimgehen konnten, um bei ein paar stillen Drinks über die Party zu sprechen, den Eisschrank zu plündern und sich schlafen zu legen, geborgen vor der Außenwelt. Dann war eines Abends nach einer Gesellschaft etwas geschehen: er hatte eine Bewußtseinstrübung und sagte oder tat etwas, an das er sich nicht mehr erinnern konnte und auch nicht erinnern wollte; hinterher war nur die zertrümmerte Schreibmaschine da und einzelne Lichtbahnen beschämender Erinnerungen, denen er sich nicht stellen konnte, und der Gedanke an ihre furchtsamen Augen. Marian gab das Trinken auf und versuchte ihn zu überreden, den Antialkoholikern beizutreten. Er ging mit ihr zu einer Versammlung und blieb sogar fünf Tage bei der Stange, bis das Grauen der nicht im Gedächtnis bewahrten Nacht etwas in die Ferne gerückt war.

Weil er von da an seinen Alkohol allein trinken mußte, ärgerte er sich über ihre Milch und ihren ewigen Kaffee, und sie ärgerte sich über seine Drinks.

An dieser gespannten Lage, fand er, sei eigentlich der Psychiater schuld, und er fragte sich, ob er Marian wohl gar hypnotisiert habe. Jedenfalls waren ihre Abende von da an unerfreulich und steif. Jetzt spürte er es wieder, wie kerzengerade sie im Taxi saß, und er wollte sie, wie in den alten Zeiten, wenn sie von einer Party heimfuhren, umarmen und küssen. Aber ihr Körper widersetzte sich seiner Umarmung.

»Liebes, laß uns doch wieder wie früher sein! Laß uns heimgehen und friedlich schwatzen und die Party durchhecheln! Das hast du doch immer so gern getan! Wenn wir still für uns allein waren, hast du die paar Drinks so genossen. Trink mit mir und sei lieb, wie in den alten Zeiten! Wenn du's tust, geb ich die andere Party auf! Bitte, Liebes! Du bist kein bißchen trunksüchtig. Und ich komme mir wie ein Saufbold vor, wenn du nicht mittrinkst – so unnatürlich komm ich mir dann vor. Und du bist kein bißchen trunksüchtig – ebensowenig wie ich.«

»Ich mach dir eine heiße Suppe, und du kannst zu Bett gehn!« Ihre Stimme klang hoffnungslos – und, wie Ken fand, selbstgefällig. Dann sagte sie: »Ich hab mir solche Mühe gegeben, unsre Ehe zusammenzuhalten und dir zu helfen. Aber es ist genau so, als kämpfte man im Triebsand. So vieles hängt mit dem Trinken zusammen, und ich bin so müde.«

»Ich geh nur eine Minute zu der andern Party – komm doch mit!«
»Ich kann nicht.«
Das Taxi hielt, und Marian bezahlte das Fahrgeld. Als sie ausstiegen, fragte sie ihn: »Hast du genug Geld zum Weiterfahren? Falls du weiterfahren mußt?«
»Natürlich!«

Jim Johnsons Wohnung lag weit drüben auf der Westseite, in einem Puerto-Rico-Viertel. Offene Mülleimer standen am Prellstein, und der Wind blies Papierfetzen über den verschneiten Bürgersteig. Als das Taxi hielt, war Ken so geistesabwesend, daß der Fahrer ihn rufen mußte. Er blickte auf die Taxuhr und öffnete seine Geldtasche: er hatte keinen einzigen Dollarschein, nur noch fünfzig Cent, und die reichten nicht.
»Ich hab kein Geld mehr, bloß die fünfzig Cent«, sagte Ken und reichte dem Fahrer das Geld. »Was soll ich nur machen?«
Der Fahrer blickte ihn an. »Nichts. Aussteigen. Da kann man nichts machen.«
Ken stieg aus. »Fünfzehn Cent zu wenig und kein Trinkgeld – es tut mir leid ...«
»Sie hätten das Geld von der Dame annehmen sollen!«

Die Party fand im obersten Stock eines Hauses ohne Fahrstuhl und ohne Warmwasser statt, und auf jedem Treppenabsatz lagerte ein anderer Küchengeruch. Das Zimmer oben war überfüllt und kalt, und auf dem Herd brannten blaue Gasflammen, um ein bißchen Wärme herzugeben. Da außer einer Studiocouch wenig Möbel vorhanden waren, saß die Mehrzahl der Gäste auf dem Fußboden. Reihen von ungerahmten Bildern lehnten gegen die Wand, und auf einer Staffelei stand ein Gemälde: eine violette Kehrichtablage mit zwei grünen Sonnen. Ken nahm auf dem Fußboden neben einem rotwangigen jungen Mann Platz, der eine saloppe braune Lederjacke trug.
»Irgendwie ist es immer beruhigend, in einem Maleratelier zu sitzen. Maler haben nicht die Probleme, die ein Schriftsteller hat. Wer hat je gehört, daß ein Maler nicht weitergekonnt hätte? Sie haben etwas, mit dem sie arbeiten können: die Leinwand muß vorbereitet werden, die Pinsel und so weiter. Nir-

gends eine leere Seite – Maler sind nicht neurotisch wie so viele Schriftsteller.«

»Na, ich weiß nicht recht«, sagte der junge Mann. »Hat sich van Gogh etwa nicht sein eigenes Ohr abgeschnitten?«

»Trotzdem: der Geruch nach Farben und die Farben selbst und die ganze Tätigkeit, so etwas ist beruhigend. 's ist nicht dasselbe wie eine leere Seite oder ein stummes Zimmer. Maler können bei der Arbeit pfeifen oder sogar mit andern Leuten reden.«

»Ich hab mal einen Maler gekannt, der seine Frau umgebracht hat.«

Als jemand ihm Rumpunsch und Sherry anbot, nahm Ken Sherry, doch er schmeckte metallisch, als wären Münzen darin aufgelöst. »Sind Sie Maler?«

»Nein«, sagte der junge Mann. »Schriftsteller. Das heißt, ich schreibe.«

»Wie heißen Sie?«

»Mein Name kann Ihnen nichts sagen. Ich habe mein Buch noch nicht veröffentlicht.« Nach einer Pause fügte er hinzu: »Ich hatte eine Kurzgeschichte in *Bolder Accent* – es ist eine von den kleineren Zeitschriften – vielleicht haben Sie davon gehört?«

»Seit wann schreiben Sie?«

»Seit zehn Jahren. Natürlich muß ich außerdem Nebenbeschäftigungen übernehmen – fürs Essen und die Miete.«

»Was für Posten nehmen Sie dann?«

»Alles Mögliche. Ein Jahr lang hatte ich mal einen Posten im Leichenschauhaus. Da gab's fabelhafte Bezahlung, und ich hatte jeden Tag vier oder fünf Stunden Zeit für meine eigene Arbeit. Doch nach einem Jahr merkte ich allmählich, daß der Posten für meine Arbeiten nicht gut war. Mit all den Leichen – daher wechselte ich und begann, auf Coney Island Würstchen zu braten. Jetzt bin ich Nachtportier in einer richtigen Bruchbude von Hotel. Aber ich kann den ganzen Nachmittag zu Hause arbeiten, und nachts kann ich über mein Buch nachdenken – und überhaupt ereignet sich auf so einem Posten mancherlei von menschlichem Interesse. Stoff für zukünftige Geschichten.«

»Wieso glauben Sie, daß Sie Schriftsteller sind?« fragte Ken.

Der Eifer im Gesicht des jungen Mannes erlosch, und als er die fünf Finger auf seine erhitzte Wange drückte, hinterließen sie weiße Male. »Einfach, weil ich's weiß. Ich habe so sehr gearbeitet, und ich glaube an meine Begabung.« Nach einer Pause fuhr er fort: »Wenn man nach zehn Jahren nichts als eine Erzählung in einer kleinen Zeitschrift vorzuweisen hat, dann ist das natürlich kein besonders glänzender Anfang. Aber bedenken Sie doch die Kämpfe, die fast jeder Schriftsteller hat, sogar die großen Genies. Ich habe Zeit und Energie, und wenn mein Roman endlich druckreif ist, dann wird die Welt das Talent erkennen.«

Der rückhaltlose Ernst des jungen Mannes widerte Ken an, denn er spürte darin etwas, das er selbst längst verloren hatte. »Talent«, sagte er bitter. »Ein kleines Talent mit einer einzigen Erzählung: das ist das fragwürdigste Geschenk, das Gott einem geben kann. Immer weiter und weiter arbeiten und hoffen und glauben, bis die Jugend vergeudet ist: so etwas habe ich schon oft mitangesehen. Ein kleines Talent ist Gottes größter Fluch.«

»Aber woher wollen Sie wissen, daß ich ein kleines Talent habe – Sie können doch gar nicht wissen, ob's nicht groß ist? Sie wissen es nicht; Sie haben nie ein einziges Wort gelesen, das ich geschrieben habe!« rief er unwillig.

»Ich habe nicht speziell an Sie gedacht. Ich habe nur theoretisch gesprochen.«

Das Zimmer roch sehr stark nach Gas, und der Rauch reichte in streifigen Schichten bis unter die Decke. Der Fußboden war kalt, und Ken griff nach einem Kissen in der Nähe und setzte sich darauf. »Was für Sachen schreiben Sie?«

»Mein jetziges Buch handelt von einem Mann namens Brown – ich wollte ihm einen weitverbreiteten Namen geben, symbolisch für die ganze Menschheit. Er liebt seine Frau, und er muß sie umbringen, weil . . .«

»Sagen Sie nichts mehr! Ein Schriftsteller sollte nie im voraus über sein Buch sprechen! Außerdem habe ich schon alles gehört.«

»Wie ist das möglich? Ich habe es Ihnen noch nie erzählt und noch nicht zu Ende erzählt . . .«

»Das Ende ist mir gleich«, sagte Ken. »Ich habe die ganze Sache vor sieben, acht Jahren hier in diesem Zimmer gehört.« Das erhitzte Gesicht wurde plötzlich bleich.

»Mr. Harris, wenn auch zwei von Ihren Büchern veröffentlicht wurden, so finde ich doch, daß Sie ein gemeiner Mensch sind.« Seine Stimme schwoll an. »Nörgeln Sie nicht an mir herum!«
Der junge Mann stand auf, zerrte den Reißverschluß seiner Jacke hoch und stellte sich, ohne mit jemand zu sprechen, verdrießlich in eine Ecke des Zimmers.
Nach einem Weilchen begann Ken sich zu fragen, weshalb er eigentlich hier sei. Er kannte keinen von der Gesellschaft, den Gastgeber ausgenommen, und das Bild von der Kehrichtablage und den zwei Sonnen irritierte ihn. In dem Zimmer voll fremder Menschen war keine Stimme, die ihm etwas gab, und der Sherry war seinem trockenen Mund zu scharf. Ohne sich von jemand zu verabschieden, verließ Ken das Atelier und ging die Treppe hinunter und nach draußen.
Er erinnerte sich, daß er kein Geld hatte und daher zu Fuß gehen mußte. Es schneite noch; der Wind pfiff schrill um die Straßenecken, und die Temperatur näherte sich dem Nullpunkt*. Er war noch viele Häuserblocks von seiner Wohnung entfernt, als er an einer ihm bekannten Straßenecke einen Drugstore sah und an heißen Kaffee denken mußte. Wenn er doch jetzt richtig heißen Kaffee trinken und die Hände um die Tasse legen könnte, dann würde es in seinem Gehirn klarer werden und er hätte die Kraft, nach Hause zu eilen und seiner Frau gegenüberzutreten und dem Etwas, das sich ereignen mußte, sobald er zu Hause war. Dann widerfuhr ihm etwas, das zuerst ganz alltäglich, ja sogar natürlich schien. Ein Mann mit hartem Filzhut wollte auf der menschenleeren Straße an ihm vorbeigehen, und als sie auf gleicher Höhe waren, sagte Ken: »Hallo! 's muß ungefähr null Grad sein, wie?«
Der Mann zauderte einen Augenblick.
»Moment mal«, sagte Ken. »Ich bin nämlich in einer Klemme. Ich habe mein Geld verloren – egal, wie –, und ich dachte gerade, ob Sie mir wohl etwas Kleingeld für eine Tasse Kaffee geben könnten?«
Als Ken die Worte geäußert hatte, begriff er auf einmal, daß die Lage alles andere als alltäglich war: er und der Fremde wechselten jenen gewissen Blick voller Beschämung und Mißtrauen, wie er sich zwischen Bettler und Angebettelten ergibt.

* minus 18 Grad Celsius

Der Fremde warf ihm rasch noch einen Blick zu, dann ging er hastig weiter.
»Warten Sie doch«, rief Ken. »Sie glauben, ich könnte ein Lump sein – das bin ich aber nicht. Ich bin Schriftsteller – ich bin kein Verbrecher.«

Der Fremde hastete auf die andere Straßenseite hinüber, und im Gehen schlug ihm die Aktentasche gegen die Knie. Ken kam erst nach Mitternacht nach Hause.
Marian lag im Bett und hatte ein Glas Milch auf dem Nachttisch stehen. Er mischte sich einen Highball und trug ihn ins Schlafzimmer, obwohl er seine Drinks sonst meistens heimlich und in Eile hinunterkippte.
»Wo ist die Uhr?«
»Im Wäschekorb.«
Er fand die Uhr und stellte sie neben die Milch auf den Nachttisch. Marian warf ihm einen seltsamen Bick zu.
»Wie war deine Party?«
»Scheußlich!« Nach einer Weile fügte er hinzu: »Diese Stadt ist ein trostloses Nest: die Parties, die Menschen, die argwöhnischen Fremden.«
»Du bist's doch, der die Parties immer so gern hat!«
»Nein. Nicht mehr.« Er setzte sich auf das Doppelbett neben Marian, und plötzlich stiegen ihm die Tränen in die Augen. »Liebes, was ist aus der Apfelfarm geworden?«
»Aus der Apfelfarm?«
»Aus *unsrer* Apfelfarm – erinnerst du dich nicht mehr?«
»Es ist so viele Jahre her – und so manches ist passiert.«
Doch obwohl der Traum längst vergessen war, tauchte er jetzt in aller Frische wieder auf. Er sah die Apfelblüten im Frühlingsregen vor sich, sah das graue alte Farmhaus. Er melkte in der Morgendämmerung, dann arbeitete er im Gemüsegarten mit dem grünen krausen Salat, dem staubfarbenen Sommermais, den Eierpflanzen und den weinroten Kohlköpfen, die im Tau irisierend schillerten.
Zum ländlichen Frühstück gab es Eierkuchen und Wurst aus dem Fleisch selbsgezüchteter Schweine. Waren Morgenarbeit und Frühstück beendet, dann arbeitete er vier Stunden lang an seinem Roman; am Nachmittag war der Zaun auszubessern oder Holz zu hacken. Er sah die Farm bei jedem Wetter: einge-

schneit – dann konnte er einen ganzen Kurzroman hintereinander schreiben; milde, liebliche, leuchtende Maientage; die grüne Sommerszeit, wo er eigene Forellen fischte; der blaue Oktober und die Äpfel. Der Traum war Leben – unbefleckt von der Wirklichkeit.

»Und an den Abenden«, sagte er und sah das Kaminfeuer und die emporzuckenden und zusammensinkenden Schatten auf den Wänden des Farmhauses, »an den Abenden wollten wir uns Shakespeare gründlich vornehmen und die Bibel von Anfang bis zu Ende lesen.«

Einen Augenblick ließ sich Marian in den Traum einspinnen. »Es war im ersten Jahr unserer Ehe«, sagte sie mit einer Stimme, die beleidigt oder verwundert klang. »Und nachdem wir die Apfelfarm in Schwung hatten, wollten wir ein Kind haben.«

»Ach ja, ich weiß«, sagte er, obwohl es ein Teil des Planes war, den er völlig vergessen hatte. Er sah einen unbestimmten kleinen Jungen von etwa sechs Jahren in blauen Drellhosen. Und dann verschwand das Kind, und er sah sich selbst, ganz deutlich, auf dem Pferd, oder eher auf einem Maultier, wie er das fertige Manuskript eines großartigen Romans im nächsten Dorf auf die Post brachte, um es dem Verleger zu schicken.

»Wir könnten fast umsonst leben – und gut leben. Ich würde alle Arbeit verrichten – körperliche Arbeit ist's, die sich heutzutage bezahlt macht – und würde alles selbst ziehen, was wir essen. Wir hätten eigene Schweine und eine Kuh und Hühner.« Nach einer Pause sagte er: »Und eine Alkoholrechnung gäbe es dann nicht. Ich könnte Apfelwein und Cider-Likör machen. Mit einer Obstpresse und so weiter.«

»Ich bin müde«, sagte Marian und fuhr sich mit der Hand über die Stirn.

»Da gibt's keine New Yorker Parties, und am Abend lesen wir die Bibel von Anfang bis zu Ende. Ich habe noch nie die Bibel von Anfang bis zu Ende gelesen. Du schon?«

»Nein«, sagte sie, »man braucht keine Apfelfarm zu haben, wenn man die Bibel lesen will.«

»Vielleicht muß ich aber eine Apfelfarm haben, um die Bibel lesen zu können – und auch, um gut zu schreiben.«

»Na, *tant pis*!« Die französische Redensart brachte ihn auf. Vor ihrer Heirat hatte sie ein Jahr lang an einer höheren Schule Französisch unterrichtet, und manchmal, wenn sie schlechte

Laune hatte oder seinetwegen enttäuscht war, benutzte sie gerne eine französische Redensart, die er oft nicht verstand.

Er spürte zunehmende, verhaltene Spannung, die er um jeden Preis beseitigen wollte. Geduckt und elend saß er auf der Bettkante und starrte auf das Muster der Tapete. »Mit meinen Idealen ist nämlich etwas ganz Verrücktes geschehen. Als ich jung war, hab ich felsenfest geglaubt, daß ich ein großer Schriftsteller würde. Und dann verstrichen die Jahre, und ich nahm mir fest vor, ein guter Durchschnittsschriftsteller zu werden. Kannst du mir den fatalen Abstieg nachempfinden?«
»Nein, ich bin zu erschöpft«, antwortete sie nach einer Weile. »Ich habe im letzten Jahr auch an die Bibel gedacht. Eins von den allerersten Geboten lautet: *Du sollst keine andern Götter haben neben mir!* Aber du und andere Leute gleich dir haben sich einen Gott gemacht aus dieser – dieser Illusion. Ihr lehnt jede andere Verantwortung ab, Familie, Finanzen und sogar die Selbstachtung betreffend. Ihr lehnt alles ab, was euren seltsamen Gott stören könnte. Im Vergleich damit war das Goldene Kalb gar nichts!«
»Und nachdem ich mir vorgenommen hatte, ein guter Durchschnittsschriftsteller zu werden, mußte ich meine Ideale noch weiter herunterschrauben: ich schrieb Scripts fürs Fernsehen und versuchte, ein gerissener Schreiberling zu werden. Aber nicht mal das konnte ich durchführen. Kannst du dir mein Entsetzen vorstellen? Ich bin sogar gemein und neidisch geworden – das war ich früher nie! Solange ich glücklich war, war ich ein ganz guter Mensch ... Das Letzte und Schlimmste wäre, alles aufzugeben und eine Stelle als Reklamedichter zu suchen. Kannst du dir vorstellen, wie es mir davor graut?«
»Ich habe schon oft gedacht, das wäre eine Lösung. Alles, Darling, was dir deine Selbstachtung wiedergeben kann.«
»Ja«, sagte er. »Aber lieber möcht ich noch eine Stelle in einem Leichenschauhaus annehmen oder Würstchen braten.« Ihre Augen blickten voller Besorgnis. »Es ist spät. Geh zu Bett!«
»Auf der Apfelfarm würde ich tüchtig schaffen, körperliche Arbeiten verrichten und auch schreiben. Und es wäre friedlich und sicher. Warum können wir's nicht tun, Babylieb?«
Sie schnitt sich einen Niednagel ab und blickte Ken nicht einmal an.

»Vielleicht könnte ich von deiner Tante Rose Geld borgen – auf ganz legale Weise, wie von der Bank. Mit Hypotheken auf die Farm und die Ernten. Und ich würde ihr mein neues Buch widmen.«
»Borgen? Nicht von meiner Tante Rose.« Marian legte die Schere auf den Nachttisch. »Ich will jetzt schlafen.«
»Warum glaubst du nicht an mich – und an die Apfelfarm? Warum willst du sie nicht haben? Es würde so friedlich sein – und so sicher. Wir wären allein – weit fort. Warum willst du es nicht?«
Ihre schwarzen Augen standen weit offen, und er las einen Ausdruck in ihnen, den er erst ein einziges Mal gesehen hatte. Sehr entschieden sagte sie: »Weil ich um alles in der Welt nicht mit dir allein auf der verrückten Apfelfarm sein will – allein und ohne Ärzte und Freunde und Hilfe!« Aus der Besorgnis war jähes Entsetzen geworden, und ihre Augen loderten vor Angst. Ihre Hände zupften nervös am Bettuch.
Kens Stimme klang erschüttert. »Aber Baby, du wirst doch keine Angst vor mir haben? Ich würde dir nicht die kleinste Augenwimper krümmen! Ich würde nicht dulden, daß der Wind dich anbläst! Ich könnte keiner . . .«
Marian zog ihr Kissen zurecht, legte sich hin und drehte ihm den Rücken zu. »Meinetwegen. Gute Nacht!«

Eine Weile saß er verwirrt da, dann kniete er auf dem Fußboden vor Marians Bett, und seine Hand lag sanft auf ihrer Hüfte. Das dumpfe Drängen der Begierde wurde durch die Berührung noch angefacht. »Komm! Ich zieh mich aus! Wollen uns liebhaben!« Er wartete, aber sie rührte sich nicht und gab keine Antwort.
»Komm, Babylieb!«
»Nein«, sagte sie. Doch sein Verlangen wuchs, und er vernahm ihre Worte nicht. Seine Hand zitterte, und die Fingernägel hoben sich schmuddelig von der weißen Bettdecke ab. »Nicht mehr!« sagte sie. »Niemals wieder!«
»Bitte, Liebes! Dann haben wir's hinterher schön friedlich und können gut schlafen. Darling, Darling, du bist mein ein und alles. Du bist meine Sonne!«
Marian schob seine Hand weg und setzte sich unvermittelt rasch hoch. Ihre Angst war aufblitzendem Zorn gewichen, und

an ihrer Schläfe zeichnete sich eine blaue Ader ab. »Deine Sonne?« Ihre Stimme sollte ironisch klingen, doch gelang es ihr nicht ganz. »Jedenfalls bin ich dein Portemonnaie!«
Das Beleidigende ihrer Worte kam ihm nur langsam zu Bewußtsein; dann schoß der Zorn so heftig wie eine Flamme in ihm hoch. »Ich ... bin ...«
»Du denkst, du wärst der einzige, der enttäuscht wurde. Ich habe einen Schriftsteller geheiratet, von dem ich glaubte, er würde eine Berühmtheit werden. Ich habe dich mit Freuden unterstützt. Ich habe geglaubt, es würde sich bezahlt machen. Darum habe ich in einem Büro gearbeitet, während du zu Hause sitzen und deine ›Ideale‹ hinunterschrauben konntest. Mein Gott, was ist aus uns geworden!«
»Ich ... ich ...« Aber vor Wut konnte er noch immer kein Wort herausbringen.
»Vielleicht hätte man dir helfen können. Wenn du zu einem Arzt gegangen wärst, als die Störung bei dir einsetzte. Wir wissen's beide seit langem, daß du krank bist!«

Wieder sah er den Ausdruck, den er schon früher einmal gesehen hatte. Der Blick war das einzige, was ihm damals von der gräßlichen Bewußtseinstrübung noch im Gedächtnis geblieben war – die schwarzen, vor Angst lodernden Augen und die pochende Schläfenader. Er fing den Ausdruck auf – und nahm ihn selbst an, so daß sich ihre Blicke, vor Entsetzen funkelnd, begegneten.
Ken konnte es nicht länger aushalten; er riß die Schere vom Nachttisch, hob sie hoch und heftete den Blick auf die Schläfenader. »Krank«, sagte er endlich. »Du meinst: verrückt! Ich werde dich lehren, Angst zu haben, daß ich verrückt sein könnte! Ich werde dich lehren, von Portemonnaie zu reden! Ich werde dich lehren, mir zu sagen, ich sei verrückt!«
Marians Augenlider zitterten vor Aufregung, und sie machte einen matten Versuch, sich zu bewegen. Die Ader an ihrer Schläfe zuckte wild. »Daß du dich nicht rührst!« Dann, mit unendlicher Anstrengung, öffnete er die Hand, und die Schere fiel auf den Teppich. »Entschuldige«, sagte er. »Verzeih mir!«
Nach einem wirren Blick durchs ganze Zimmer gewahrte er die Schreibmaschine und ging darauf zu.

»Ich bringe die Schreibmaschine ins Wohnzimmer. Ich habe heute mein Pensum noch nicht geschafft. Bei solchen Dingen muß man sich Zwang auferlegen.«
Er setzte sich im Wohnzimmer an die Schreibmaschine und tippte, um ein Geräusch hervorzurufen, abwechselnd x und r. Nach einigen Zeilen hörte er damit auf und sagte mit leerer Stimme:
»So, die Geschichte sitzt endlich auf den Hinterbeinen!« Dann begann er zu schreiben: *Der faule braune Fuchs sprang über den listigen Hund.* Er schrieb es ein paarmal hintereinander, dann lehnte er sich an.
»Liebstes Herz«, sagte er sehr innig, »du weißt, wie sehr ich dich liebe. Du bist die einzige Frau, an die ich jemals gedacht habe. Du bist mein Leben. Verstehst du mich, mein liebstes Herz?«
Sie antwortete nicht, und die ganze Wohnung war still, bis auf das Gluckern in den Radiatoren.
»Verzeih mir«, sagte er. »Es tut mir so leid, daß ich die Schere aufhob! Du weißt, daß ich dich nicht mal kneifen könnte. Sag mir, daß du mir verzeihst! Bitte, bitte, sag's mir!«
Es kam noch immer keine Antwort.
»Ich will dir ein guter Mann sein. Ich will mir sogar eine Stelle bei einer Reklamefirma besorgen. Ich will ein Sonntagsdichter werden und nur übers Wochenende und an den Feiertagen schreiben. Ich will's, mein Darling, ich will's!« rief er verzweifelt. »Obwohl ich viel lieber Würstchen im Leichenschauhaus verkaufen möchte.« War es der Schnee, der die Zimmer so still machte? Er schrieb:

Warum hab ich solche Angst?
Warum hab ich solche Angst?
Warum hab ich solche Angst?
Warum hab ich solche Angst?

Er stand auf, ging in die Küche und öffnete den Eisschrank. »Liebes, ich bringe dir was Feines zu essen! Was ist das für dunkles Zeug da auf der Untertasse in der Ecke hinten? Oh – Leber vom letzten Sonntagabend. Du ißt so schrecklich gern Hühnerleber – oder möchtest du lieber etwas Kochendheißes haben? Vielleicht Suppe? Wie, Liebes?«
Kein Laut drang zu ihm.

»Du hast bestimmt keinen Bissen zu Abend gegessen. Du mußt erledigt sein – all die scheußlichen Gesellschaften mit der Trinkerei und dem Herumstehen – ohne einen Happen zu essen! Wir wollen essen, und hinterher können wir uns liebhaben.«

Er stand still und lauschte. Dann ging er, in der Hand die fettig glänzende Leber, auf Zehenspitzen ins Schlafzimmer. Das Zimmer war leer. Das Badezimmer ebenfalls. Er stellte die Hühnerleber vorsichtig auf den weißen Kommodenläufer. Dann stand er auf der Schwelle, mit erhobenem Fuß, wie um zu gehen, und ihn doch einige Augenblicke in der Luft haltend.

Danach öffnete er die Schränke, sogar die Besenkammer in der Küche, und schaute hinter Möbel und blinzelte spähend unters Bett. Marian war nirgends. Endlich bemerkte er, daß ihr Leopardenmantel und ihre Handtasche fehlten. Er keuchte, als er sich vors Telephon setzte.

»Heh, Doktor? Hier ist Ken Harris. Meine Frau ist verschwunden. Sie ist einfach aus der Wohnung gegangen, während ich an der Schreibmaschine saß. Ist sie bei Ihnen? Hat sie mit Ihnen telephoniert?« Er zeichnete Vierecke und Wellenlinien auf den Telephonblock. »Teufel noch eins, ja! Wir haben uns gestritten. Ich hab die Schere genommen – nein, ich habe Marian nicht angerührt! Ich würde ihr nicht mal am kleinen Fingernagel weh tun. Nein, sie ist nicht verletzt – wie kommen Sie auf solche Gedanken?« Ken lauschte. »Ich will Ihnen mal was sagen: ich weiß, daß Sie meine Frau hypnotisiert haben, daß Sie ihre Einstellung zu mir vergiftet haben. Wenn irgendwas zwischen meiner Frau und mir vorfällt, dann bringe ich Sie um! Dann komm ich in Ihr hochnäsiges Park-Avenue-Sprechzimmer und schlage Sie tot!«

Als er so allein in den leeren, stummen Zimmern war, empfand er eine unbestimmte Furcht, die ihn an die Gespensterfurcht seiner Kindheit erinnerte. Er saß auf dem Bett, hatte noch die Schuhe an und umschlang mit beiden Armen die Knie. Eine Zeile aus einem Gedicht fiel ihm ein. »Mein Lieb, mein Lieb, warum ließest du mich so allein?« Er schluchzte und biß durch den Hosenstoff in sein Knie.

Nach einer Weile rief er alle Wohnungen an, in denen sie hätte sein können, und beschuldigte ihre Freunde, sie hätten sich in seine Ehe eingemischt oder sie hielten Marian versteckt. Als er bei Mabel Goodley anrief, hatte er den kleinen Vorfall während der Party vergessen und sagte ihr, er wolle vorbeikommen, er müsse sie sprechen. Als sie erwiderte, es sei drei Uhr und sie müsse am Morgen zeitig aufstehen, fragte er sie, wozu Freunde denn da seien, wenn nicht für solche Fälle. Er beschuldigte sie, Marian versteckt und sich in seine Ehe eingemischt zu haben, ja, mit dem gemeinen Psychiater unter einer Decke zu stecken.

Gegen Morgen hörte es auf zu schneien. Die erste Morgendämmerung war perlgrau, und der Tag versprach schön und sehr kalt zu werden. Bei Sonnenaufgang zog Ken seinen Mantel an und ging nach unten. Die Sonne besprenkelte den frischen Schnee mit Gold, und die Schatten waren von einem kühlen Lavendelblau. Mit allen Sinnen nahm er den eisigen Morgenglanz in sich auf und dachte dabei, daß er über solch einen Tag hätte schreiben sollen – denn das war's, worüber er eigentlich hatte schreiben *wollen.*

Mit blanken, irren Augen, eine geduckte, hagere Gestalt, so stapfte Ken langsam zur Untergrundbahn. Er dachte an die Räder des Zuges und an den stählernen Lufthauch und das Dröhnen. Er dachte, ob es wohl wahr sei, daß das Gehirn in der letzten Sterbeminute alle Bilder der Vergangenheit aufleuchten läßt: die Apfelbäume, die Geliebten, die Melodie verlorener Stimmen – alle lebendig verschmolzen im sterbenden Gehirn. Er ging sehr langsam, die Blicke auf seine einsamen Fußstapfen geheftet, in den unberührten Schnee hinein.

Ein Polizist zu Pferde ritt ganz in seiner Nähe dicht am Prellstein entlang. Der Atem des Pferdes stand deutlich in der stillen, kalten Luft, und seine Augen waren violett und gläsern.

»He, Wachtmeister, ich muß etwas melden! Meine Frau ist mit der Schere auf mich losgegangen, sie hat auf die blaue Ader gezielt! Dann ist sie aus der Wohnung gelaufen. Meine Frau ist sehr krank – verrückt! Man sollte ihr helfen, bevor irgendwas Schreckliches passiert. Sie hat keinen Happen Abendbrot gegessen, nicht mal die kleine Hühnerleber!«

Ken stapfte mühselig weiter, und der Polizist blickte ihm nach, wie er sich entfernte. Kens Weg war so wenig vorauszusehen wie der des unsichtbaren Windes; er dachte nur an seine Fußstapfen und an die Strecke, die vor ihm lag, unbegangen.

Carson McCullers
Werkausgabe in Diogenes Taschenbüchern

Madame Zilensky und der König von Finnland
Erzählungen II
Deutsch von Elisabeth Schnack. detebe 20/II

Die Ballade vom traurigen Café
Novelle. Deutsch von Elisabeth Schnack. detebe 20/III

Das Herz ist ein einsamer Jäger
Roman. Deutsch von Susanna Rademacher. detebe 20/IV

Spiegelbild im goldnen Auge
Roman. Deutsch von Richard Moering. detebe 20/V

Frankie
Roman. Deutsch von Richard Moering. detebe 20/VI

Uhr ohne Zeiger
Roman. Deutsch von Elisabeth Schnack. detebe 20/VII

Über Carson McCullers
Essays von und über Carson McCullers;
Chronik und Bibliographie.
Herausgegeben von Gerd Haffmans. detebe 20/VIII

Außerdem liegt vor:

Oliver Evans
Carson McCullers – Leben und Werk
Deutsch von Elizabeth Gilbert